Klaudia Jeske

EINE SACHE VON MORGEN

Ein (noch) nicht gelöster Wirtschaftskrimi

„Das Prinzip aller Dinge ist das Wasser.

Aus Wasser ist alles,

und ins Wasser kehrt alles zurück."

Thales von Milet

„Wohl erzählt man uns, dass die Liebe zum Geld

die Wurzel alles Bösen sei, aber das Geld an sich ist

eine der nützlichsten Einrichtungen, die je erfunden

wurden.

Es ist nicht die Schuld des Geldes, wenn manche

Leute so dumm oder habgierig sind, dass sie es

mehr lieben als ihre eigene Seele."

George Bernard Shaw
„Wegweiser für die intelligente Frau"

Wasser aus Nebel

Seit jeher mussten die Frauen in dem kleinen Bergdorf Tojquia in Guatemala während der trockenen Wintermonate in die Talsohle hinabwandern und Wasser von dort wieder bergauf zu ihren Familien tragen. Inzwischen beschaffen sie ihr Wasser auf andere Weise: Sie ziehen die Feuchtigkeit aus dem Nebel, der ihre Gemeinde oft einhüllt.

Ein Kubikmeter Nebel kann ein halbes Gramm an flüssigem Wasser enthalten, und es braucht nicht viel, dieses kostbare Nass zu "ernten". Ein feinmaschiges Netz wird in einen großen Rahmen gespannt und senkrecht zur Windrichtung aufgestellt. Weht nun feuchte Luft durch einen solchen Nebelkollektor, lagern sich an den Fasern winzige Wassertröpfchen an. Die einzelnen Tropfen verschmelzen miteinander und wachsen an, bis sie hinab in eine Rinne an der Unterseite des Gestells rollen und schließlich in einen Lagertank.

Tojquia liegt 3300 Meter über dem Meeresspiegel, wo es im Winter windig und trocken, aber oft neblig ist – ein idealer Ort für diese Technik.

PROLOG 1

LIVIA

Brausend kommunizierte der Wasserstrahl mit Porzellan und Rohrleitung – ein gurgelnder Chor. Livia starrte in den nassen weißen Strom, der sich aus der edelstahlglatten Armatur in das avantgardistische Waschbecken der Firmentoilette ergoss. Wie, verdammt noch mal, sollte sie sich entscheiden? Sie spürte, dass sich ein neuer Schweißfilm auf ihrer Stirn bildete, den alten hatte sie gerade erst abgewaschen. Sie drehte den Wasserhahn zu und nahm ein Papiertuch. Im Spiegel beobachtete sie sich dabei, wie sie ihr blasses Gesicht abtupfte. Sie verspürte keine Neigung, ihre Anspannung mit Rouge und Lippenstift zu übertünchen. Der Typ durfte gern erkennen, dass er ihr mit seinem unseriösen Angebot zu schaffen machte.

Wie konnte sie sich schützen? Das Einzige, was ihr unter Zugzwang einfiel, war ihr Handy in ihrem BH zu verstecken und – in der Hoffnung es möge funktionieren – die Aufnahmefunktion anzuschalten.

*

Mineralwasser – kohlensäurehaltig – zischend im Bleikristall. Es war so leise im Raum, dass man es sprudeln hören konnte. Livia starrte das Glas auf dem Konferenztisch an, das während ihrer Abwesenheit gefüllt worden war.

„Danke“, sagte sie und nahm es, um sich daran festzuhalten.

Der Mann, der sich Herr Müller nannte, sah sie aufmunternd an: „Nun?“

Livia dachte noch einmal an die ungeheure Summe, die man ihr geboten hatte. Welche Träume könnte sie sich damit erfüllen! Sie würde alle Zeit der Welt haben für ihre siebenjährige Tochter, ein „Frühchen“, das schwach und kränkelnd den Einstieg ins Leben hatte meistern müssen. Endlich wäre Geld für die optimale Förderung vorhanden, dafür, eine private Spezialschule zu bezahlen. Später. Und himmlisch geradezu: Kein Streit mehr wegen der Finanzen …

„Frau Cremer, ich höre! Sind wir im Geschäft?“

Sie heftete ihren Blick unverwandt auf das Aquarium mit den Mini-Kois, an dessen Glaswänden unscheinbare Welse ihrer Bestimmung nachgingen und im Kampf gegen Algenbefall putzend für den Durchblick sorgten.

Alles war sehr chic bei Herrn Müller.

Kompletter Schwindel! Inzwischen ging Livia davon aus, dass es sich um die angemieteten Räume einer Scheinfirma handelte. Sie war unter dem Vorwand, an einer kostenfreien Marketingschulung teilzunehmen, hierher gelockt worden, und sie bezweifelte, ob sie *Global Waters Inc.* in jedem Fall auch wieder ungehindert würde verlassen können.

Gier oder Gewissen? Aus Erfahrung wusste Livia, wie fertig es sie machte, wie unerträglich es ihr war, wenn sie jemanden hinterging.

Mit einem Schluck feuchtete sie ihre trockene Kehle an. „Tut mir leid. Aber ich begehe keinen Verrat.“

Herr Müller runzelte die Stirn. „Haltung muss man sich leisten können, Frau Cremer. Sind Sie sich vollkommen sicher?"

*

Pfft, Pfft, das Eau de Cologne entflieht dem pinkfarbenen Flakon und hinterlässt eine Spur erfrischender Feuchtigkeit auf der Haut zwischen meinen Brüsten. Zerstäubt – das Geburtstagsgeschenk von meinem Mann. Ich verlasse das Büro gemeinsam mit Johannes, meinem Kollegen. Wir treten hinaus in einen schwülwarmen Sommerabend. Es wird blitzen und donnern. Bis Mitternacht.

*

Livias Gesicht glühte. Wieder brach ihr der Schweiß aus.

„Hören Sie mal! Man vertraut mir. Ich arbeite seit zehn Jahren für meinen Chef. Das Gehalt stimmt, ich mag meinen Job und ich bin absolut loyal", sie atmete so heftig, dass jedes Wort mehr herausgepustet als gesprochen wurde.

„Er wird nie etwas erfahren. Keine Angst. Sie müssen doch nur alle Unterlagen, die im Safe landen, abfotografieren beziehungsweise die Sticks duplizieren", er lächelte süffisant, „stellen Sie Ihr Licht nicht unter den Scheffel. Ich weiß alles über Sie, was ich wissen muss: Sie sind des Meisters rechte Hand, seine Vertraute und auf Zack, wie man so hört …"

„Wie viel Enthusiasmus, Zeit und Arbeit ihn das gekostet hat! Menschen wie er werden für ein bisschen gaga gehalten, wissen Sie. Solange, bis sie endlich Erfolg haben."

„Nebelforscher hört sich nun mal spleenig an."

„Endlich ist der Durchbruch da. Er hat ein bezahlbares Verfahren für die Wassergewinnung aus Nebel entwickelt. Ich werde ihm doch nicht sein Geschäft vermasseln!"

„Sie wären mit einem Schlag sämtliche finanziellen Sorgen los."

„Ein reines Gewissen ist mir wichtiger als …"

„Reines Gewissen. Aha! Mit Verlaub. Sie begehen eine große Dummheit."

Sie zwang sich dem Mann direkt in die Augen zu sehen. „Ich spioniere nicht! Wie viel Geld Sie mir auch immer bieten werden. Niemals."

„Ihr Mann kommt auf keinen grünen Zweig, das weiß doch jeder. Und Ihre kleine Tochter …"

„Lassen Sie meine Tochter aus dem Spiel!"

„Schon gut. Sie haben sicherlich eine tolle Familie. Ich hatte wirklich gehofft, wir würden uns schnell einig werden. Nun zwingen Sie mich leider zu anderen Maßnahmen …"

*

Silbern glänzt das Mondlicht in den Regenpfützen, als ich allein nach Hause gehe. Nur ein Kilometer Luftlinie trennen Johannes´ schickes Loft und meine stinknormale Mietshauswohnung voneinander. Winterhude versus Barmbek-Süd. Jung, urban und stylisch sein gegenüber Ehe, Kind und immer Funktionieren.

*

Herr Müller zog einen Stapel Fotos im DIN-A5-Format aus seinem Computerrucksack und blätterte sie auf den Schreibtisch, als würde er ein übergroßes Kartenspiel austeilen. Zu sehen gab es: Johannes und Livia, ineinander verschränkt, ineinander versunken, sehr schön und sehr nackt.

*

Völlig entblößt. Alles. Jetzt.

*

„Tja", sagte Herr Müller mitleidslos. „Erst kommt das Fressen – oder der Sex – und dann kommt die Moral. Nicht wahr?"

„Woher haben Sie die Aufnahmen?" Livias Stimme rutschte in die höchste ihr mögliche Tonlage.

„Tut absolut nichts zur Sache. Frau Cremer, wir brauchen Sie und wir sind bereit, Sie gut für ihre Behilflichkeit zu bezahlen. Wo ist das Problem?"

„Hat Johannes etwas damit zu tun? Erpressen Sie ihn auch?"

„Glauben Sie mir, liebe Frau Cremer, das wollen Sie gar nicht wissen."

„Wo ist Johannes? Steckt er unter einer Decke mit Ihnen? Wer sind Ihre Auftraggeber?"

„Je weniger Sie wissen, desto besser. Ich glaube, Sie missverstehen die Situation völlig. Ich erkläre es noch ein einziges Mal, weil Sie mir irgendwie sympathisch sind in ihrer naiven, doppel-moralinen Art. Sie liefern, was wir möchten und bekommen einen Batzen Geld dafür. Sie werden nicht auffliegen, keine Angst."

„Wenn ich es nicht mache? Was soll mir denn passieren? Sie werden die Fotos meinem Mann zeigen. Na und?"

„Das auch. Und wir stellen das Ganze als Videofilm ins Netz."

9

Livia biss sich auf die Lippen. „Das ist heftig. Sie wollen meinen Ruf und meine Ehe zerstören.“

Wenn das Aufnahmegerät funktioniert, ist es ihre einzige Chance diese Erpressung aufzudecken, dachte sie erschöpft.

„Ich möchte jetzt gehen.“

„Sie irren sich, wenn Sie meinen, eine Wahl zu haben.“

„Wo ist Johannes?“

„Weinen Sie dem keine Träne hinterher. Denken Sie lieber an Ihre kleine Tochter …“

„Was ist mir ihr?“, fragte Livia mit schriller Panik in der Stimme.

„Ich nehme an, sie liegt in ihrem Bettchen, wie es sich abends um acht für ein Kleinkind wohl gehört …“

Livia fasste sich an die Brust. Noch länger würde sie diesen Psychoterror nicht ertragen können. Mit wackligen Beinen stand sie auf. „Lassen Sie mich wenigstens drüber schlafen.“

„Eine Nacht. Mehr nicht. Und Frau Cremer, bevor sie gehen … Geben Sie mir doch bitte ihr Mobiltelefon.“

„Wieso sollte ich?“

„Langsam habe ich keine Lust mehr auf weitere zähe Diskussionen. Na los!“ Etwas in seiner Attitüde hatte sich verändert. Das Verständnis – mochte es auch geheuchelt gewesen sein – war verschwunden. Der Mann strahlte nun eine kalte Gewaltbereitschaft aus. Instinktiv wusste Livia, dass sie sich fügen musste. Sie drehte sich von ihm weg, lüftete ihren Blazer und zog das Smartphone, ganz warm von dem Hautkontakt, aus ihrem Blusenausschnitt.

Der Mann schaute nicht einmal darauf. Wortlos nahm er es entgegen. Er ging zum Aquarium und überließ es den Kois.

PROLOG 2

DORIS KAAKS GESPÜR FÜRS KRIMINELLE

Zigarettenpäuschen, wohlverdient. Doris Kaak stand vor dem Portal am Holländischen Brook und steckte sich eine an. Dummerweise hatte sie die Temperatur falsch eingeschätzt. Es war zwar sonnig, aber ein kühler Wind wehte von der Elbe her. Sie kreuzte die Arme schützend vor der Brust. Ihre Jacke hing drinnen im Büro auf dem 3. Boden, so nennt man in der Speicherstadt die Stockwerke. Seit sechsunddreißig Jahren arbeitete die gelernte Im- und Exportkauffrau am Holländischen Brook im Handelskontor *Sielich & Söhne*. Sie kennt die Firma aus dem Effeff. Die 1903 von Hermann F. Sielich gegründete Im- und Export-Firma ist in der fünften Generation in Familienbesitz. Der Handelsschwerpunkt lag ursprünglich bei Naturdärmen, später bei pharmazeutischen Artikeln und Obstkonserven, inzwischen geht es hauptsächlich um Lebensmittelzusatzstoffe.

„Träumst du, Kaaki?" Markus Dompfke stand plötzlich neben ihr. Er zündete sich eine Kippe an. Der Buchhalter war eher untypisch für seine Zunft. Er nam nichts und niemanden ernst und vieles nicht so genau. Die meisten Kollegen fanden ihn gewöhnungsbedürftig, aber Doris Kaak mochte ihn. Seltsamerweise teilte sie diese Schwäche für ihn mit Jana Berginski. Das war die junge Kollegin, die kürzlich zur Chefsekretärin befördert worden war. Auch Doris Kaak hatte sich für den Posten beworben.

Markus Dompfke also leistete ihr Gesellschaft und inhalierte wie ein Matrose. Auf der anderen Straßenseite zog Süleyman, der Teppichhändler, grüßend an ihnen vorbei. Er schleppte einen Kelim auf seinen Schultern. Doris Kaak winkte zurück.

„Mir ist kalt", sagte sie und drückte dann ihren Zigarettenstummel gegen den roten Backstein der Hauswand. Markus Dompfke hielt ihr galant die Tür auf.

Das Treppenhaus war genauso eng wie das der anderen Lagerhäuser in der Speicherstadt. Doris Kaak hielt sich am schmiedeeisernen Geländer fest, während sie die abgewetzten Holzstufen emporstieg. Das Gebäude hatte fünf Geschosse, oder wie es hier heißt: Fünf Böden.

Als sie an ihren Arbeitsplatz zurückkehrte, entdeckte sie einen dunkelroten Briefumschlag auf dem Schreibtisch. Sie zog zwei Tickets aus dem Kuvert: Ballett John Neumeier, Deutsche Staatoper, heute Abend. Sehr teuer.

„Vom Chef. Er wollte selbst hin, ist aber in Barcelona. Er hat gedacht, es wäre was für Sie …" Hinter ihrem Rücken lauerte Jana Berginski, die Schnepfe.

Doris Kaak sah sich die Eintrittskarten genauer an. „Beginn 19 Uhr! Wie soll ich das denn schaffen?"

„Machen Sie doch ausnahmsweise mal pünktlich Feierabend. Wie normale Sterbliche es manchmal tun", sagte die Berginski spitz.

„Ihnen hat der Chef die Karten doch bestimmt zuerst angeboten", erwiderte Doris Kaak ebenso schnippisch.

„Beim Ballett schlafe ich ein …“ Die Berginski knallte ihr ein paar Unterlagen auf den Tisch.

*

Die Vorstellung war zauberhaft gewesen. Doris Kaak hatte ihre Nachbarin Ingetraud ins Ballett mitgenommen. Die war über siebzig, ein sanftes Lamm und immer sehr früh müde. Die Frauen leisteten sich ein Taxi. Doris ließ die Nachbarin vor dem Mietshaus, in dem beide wohnten, aussteigen.

„Schlaf gut, Ingetraud“, sagte sie. „Muss noch in die Firma!“

„Du arbeitest dich noch ins Grab, Doris“, sagte Ingetraud und drohte ihr lächelnd mit dem Finger. Genauso macht sie es mit ihren Enkeln, dachte Doris Kaak, aber die Frau ist ein Lamm. Wer nimmt es schon ernst?

*

Kurz vor Mitternacht. Bei *Sielich & Söhne* brannte Licht. Wer ist um diese Zeit noch im Kontor, wundert sich Doris Kaak und bezahlte den Taxifahrer. Normalerweise war sie morgens die Erste und abends die Letzte. An ihr kam keiner vorbei … Der Alte Sielich hatte Einsatzbereitschaft bei seinen Mitarbeitern geschätzt. Von ihm hatte sie vor Jahren einen Generalschlüssel erhalten, so konnte sie jederzeit ins Kontor gelangen. Sie nahm den Fahrstuhl, schloss die Tür zum Büro auf. Gemurmel drang in den Flur. Doris Kaak verharrte auf der Stelle. Die Stimmen näherten sich. Einem Impuls folgend, kehrte sie um. Der Fahrstuhl stand bereit. Instinktiv entschied sie sich dafür, die Treppe nach oben zu nehmen. Sie war gerade außer Sichtweite, als die

Bürotür aufflog. Angespannt lauschte sie einer gedämpften Stimme.

Konnte das Jana Berginski sein? Sie war fast sicher. Ein Bass ertönte. Es hörte sich an, als spräche ein Mann mit einer heißen Kartoffel im Mund. Ein schwerer russischer Akzent vielleicht. Dann schloss sich die Fahrstuhltür. Ruhe.

Was machte Jana Berginski mit einem Fremden nachts im Kontor, fragte sich Doris Kaak. Irgendetwas stimmt hier ganz und gar nicht, dachte sie und beschloss, nach dem Rechten zu sehen.

Man hatte vergessen, das Licht im Flur zu löschen. Die Tür, die in Berginskis Vorzimmer führte, stand offen. Auch dort war es hell erleuchtet. Doris Kaak hasste Stromverschwendung! Also gingt sie rein, um die Lampen zu löschen. Die Tür zum Büro des Chefs stand sperrangelweit offen. Zuerst glaubte sie an eine Sinnestäuschung: Ein lebloser Mann saß mit starrem Blick auf dem Ledersessel vom Chef! Noch nie hatte sie diesen Menschen gesehen. Was war passiert?

Ihr wurde ganz schwindelig vor Angst. Sie musste die Polizei rufen, schoss es ihr durch den Kopf, da hörte sie, wie die Kontortür geöffnet wurde. Schnelle Schritte kamen näher: Der Russe! Sie brauchte ein Versteck! Verzweifelt schluckte Doris Kaak das Zuviel an Speichel hinunter, das sich in ihrem Mund gebildet hatte. Ihr wurde leicht übel! Sie zwängte sich hinter den alten Ohrensessel, ein wahres Monster unter den Sitzmöbeln dieser Welt, auf dem der Alte Sielich seinerzeit mittags manchmal weggedöst war. Sie schloss die Augen und betete still darum, nicht entdeckt zu werden. Die Geräusche im Raum deuteten darauf hin, dass jemand die Leiche entfernte. Auf dem

Schreibtisch wurde etwas hin- und her geschoben. Plötzlich war es dunkel. Die Kontortür fiel ins Schloss.

Eine ganze Weile lang traute sie sich nicht, ihr Versteck zu verlassen. Zu sehr saß die Angst in den Knochen, der Mörder könnte zurückkehren. Erst als ihr die Füße einschliefen, kam sie aus der Hocke hoch. Ihre Augen hatten sich an die Dunkelheit gewöhnt. Sie erkannte die Konturen der Möbel. Ihr Herz pochte laut. Mit zitternden Fingern suchte sie in ihrer Umhängetasche nach dem Mobiltelefon.

In diesem Moment explodierte etwas.

Ein Splitter traf sie am Bein. Sie schrie vor Schmerz auf. Warmes Blut lief an ihrer Wade hinunter. Der Computer stand in Flammen. Die Rauchentwicklung wurde immer heftiger. Sie schleppte sich aus dem Büro. Panisch drückte sie den Knauf der Vorzimmertür hinunter.

Im Flur wählte sie die 110.

*

Irgendjemand hatte ihr eine silberne Folie umgelegt.

Sie klapperte. Aber nicht vor Kälte.

„Da war ein Toter!", beharrte sie. „Warum glauben Sie mir nicht?"

„Sie stehen unter Schock", sagte der Notarzt.

Er jagte ihr gerade eine Beruhigungsspritze in den Arm, als Jana Berginskis zarte Gestalt am Rettungswagen auftauchte.

„Frau Kaak! Um Himmels Willen!", jammerte sie. „Was machen Sie nachts in der Firma?"

„Und Sie?"

„Der Chef hat mich aus dem Bett geklingelt. Er ist in Barcelona über den Brand informiert worden. Ich soll mal nach dem Rechten sehen, hat er gesagt."

„Sein Computer ist explodiert. Wie geht so was?"

„Woher soll ich das wissen?"

„Was haben Sie mit dem Russen im Büro gemacht?"

„He?"

„Ich will mit der Polizei sprechen. Sofort", sagte Doris Kaak zum Notarzt, der auf sein Handy starrte.

„Darf Frau Kaak nach Hause? Ich bin mit dem Auto da …", schaltete sich Jana Berginski ein.

Der Notarzt nickte zerstreut. Er telefonierte. Jana Berginski fasste ihre Kollegin am Ellenbogen. Doris Kaak fühlte sich zu erschöpft, um sich zu wehren. Das Beruhigungsmittel wirkte. Gemeinsam gingen die Frauen zum Wagen. Jana Berginski öffnete die Beifahrertür. Auf der Fahrerseite saß ein Mann.

„Tasso fährt", sagte die Berginski.

Doris Kaak stieg ins Auto.

„Was ist los?", brummte der Mann neben ihr. „Januschka, bist du verrückt!" Jedes Wort klang so, als wäre seine Zunge aus Blei.

„Das ist doch …", Doris Kaaks Stimme erstarb wie ein abgewürgter Motor. Dann japste sie nach Luft. Schnell, immer schneller!

„Sie hyperventiliert", sagt der Russe.

*

Was dann passierte, war zu bizarr. Nahezu unglaublich. Wie im Kino. Wir fuhren ohne die Berginski los. Der Russe hielt mir eine nach Apotheke riechende Plastiktüte vor den Mund und befahl mir, da rein zu atmen. Es funktionierte. Ich wurde ruhiger. In einem schwach beleuchteten Hinterhof stoppten wir.

„Komm mit", sagte der Russe. „Ich zeige dir was."

In dem Ton, wie er es sagte, lag etwas Bedrohliches.

Er öffnete den Kofferraum. Einen Moment lang fürchtete ich, er zieht mir eins über, und dann lande ich da drin.

Aber … wie soll ich sagen: Es war bereits besetzt!

„Wenn du was über die Vorkommnisse zu den Bullen oder sonst wem sagst, ergeht es dir wie dem da", raunt der Russe mir zu. „Du schweigst wie ein Grab. Verstanden!"

Im Kofferraum lag der Tote aus dem Kontor.

*

Seit jener Nacht bin ich auf der Hut.

Noch immer arbeite ich bei Sielich & Söhne.

Sie erinnern sich: Ich bin die Erste, die kommt, und die Letzte, die geht. Mein Tagwerk erledige ich in der Art, wie ich es all die Jahre über gehalten habe: zuverlässig und sorgfältig.

Doch das Einzige, was mich hier wirklich noch interessiert, ist Jana Berginskis Geheimnis. Macht sie krumme Geschäfte? Hat sie den toten Mann auf dem Gewissen? Welche Rolle spielt der Russe in ihrem Leben?

Die Berginski behauptet, sie selbst habe mich – benebelt von dem Beruhigungsmittel – nach dem Brand nach Hause gefahren. Ich weiß nicht, wie ich das Gegenteil beweisen soll.

Angeblich ist der Computerbildschirm wegen eines technischen Defekts explodiert. Ein Tischfeuerchen, das sich etwas ausgeweitet hat. Alle Kollegen haben Verständnis für mich und meine überreizten Nerven gezeigt. Wer hätte an meiner Stelle nicht auch überreagiert? Nachts, so ganz allein in der Firma! Manche verdächtigen mich, den Brand selbst ausgelöst zu haben.

Absurd, oder?

Nur so viel: In meiner Tasche befinden sich neuerdings eine Dose Pfefferspray und ein scharfes Küchenmesser. Für alle Fälle.

TEIL 1

WHERE PEACEFUL WATERS FLOW

ARIELLE

Ich bin ziemlich hübsch. Ein Wettbewerbsvorteil. Normalerweise.

Emil Waller fiel mir zum ersten Mal auf, als ich mit einer Kollegin unsere Lunchverpflegung beim Bäcker in der Ladenzeile gleich neben dem supermodernen Bürogebäude, in dem wir arbeiteten, einkaufte. Vor uns in der Schlange versperrte uns ein großgewachsener junger Mann mit vollem Haar, das einen anständigen Schnitt nötig gehabt hätte, die Sicht auf die Theke. Flankiert wurde er von einem zierlichen Asiaten in einem farblosen Baumwollblouson. Der Große gab seine Bestellung bei der Bäckereiverkäuferin auf und übersetzte deren Rückfrage für seinen Begleiter. Damals ging ich davon aus, dass es sich um Chinesisch handelte. Nun ist es für Mitteleuropäer nicht so wahnsinnig üblich, eine asiatische Sprache zu beherrschen – obwohl, ob er sie beherrschte konnte ich zu diesem Zeitpunkt nicht beurteilen. Aber in meinen Ohren hörte es sich fließend an. Die Antwort des vermeintlichen Chinesen dolmetschte der junge Mann jedenfalls umgehend. Leider gelang es mir nicht zu lauschen, denn Diana, meine Kollegin, flüsterte mir ins Ohr: „Hast du gesehen, sein rechtes Hosenbein hängt in der Socke fest. In einer lila Socke!" Ein Kicherkrampf schüttelte ihren Oberkörper.

Meiner Meinung nach ist es ein Zeichen ungenutzter Synapsen, sich über einen offensichtlichen Nerd – super-schlau, modisch verschroben, potenzieller Träger eigenartiger Verhaltensmuster – lustig zu machen. Als sich der Mann umwandte, um mit Tunnelblick und einem Tablett beladen mit dampfendem Tee und Croissants, an mir vorbei zu einem der Tische zu balancieren, flatterten Schmetterlinge in meinem Bauch. Der dicke Sweatshirt-Stoff des Ärmels seines Kapuzenpullis streifte mich. Ich erschauderte angenehm. Etwas an ihm berührte mich zutiefst. Seither bemühe ich mich darum, für Emil Waller sichtbar zu werden.

Nach unserem Ausflug zum Bäcker, nahmen Diana und ich den Lift in den zweiten Stock. Abends würde ich zum Work-out in den Fitness-Club gehen und mir die Kalorien von fetten Mozzarella-Tomate-Ciabatta-Stullen und Milch-Shakes wieder abtrainieren. Diana hingegen machte sich keine Gedanken um ein wenig Speck auf den Rippen. Sie hatte bereits vor Jahren verstanden, dass weibliche Rundungen auf Männer nicht abschreckend wirkten. Im Gegenteil.

„Lila Socken", keuchte Diana, die sich immer enorm lange an einer einzigen lustigen Begebenheit hochziehen konnte. Ob dies ein Fluch oder ein Segen ist, wage ich nicht zu beurteilen. Die gute Laune reicht ihr meistens bis zum Feierabend. Es sei denn, der Chef hat sie mal wieder zum Gespräch gebeten, aber das ist ein anderes Thema, das ich hier und jetzt nicht weiter vertiefen möchte. Sie ist längst nicht so hübsch wie ich, aber sie hat unheimlich volle runde Titten. Ins rechte Licht gerückt, macht ein

20

einziges Merkmal manchmal den entscheidenden Unterschied.

Nach unserer ersten wortlosen Begegnung in der Bäckerei und dem Eingeständnis, dass mir das Liebe-auf-den-ersten-Blick-Phänomen widerfahren war, fragte ich mich bange, ob ich den Mann jemals wiedersehen würde. Vielleicht war er auf dem Sprung nach China zusammen mit dem Beigefarbenen-Blouson-Asiaten? Noch auf dem Rückweg ins Büro wurde mir bewusst, dass ich sofort umkehren musste. „Sieh zu, dass du seine Telefonnummer bekommst! Oder folge ihm – hoffentlich bis in seine Wohnung!", sagte ich mir. Entschlossen drückte ich erst Diana das Päckchen mit dem soeben erworbenen Mittags-Snack in die Hand, und dann den Fahrstuhlknopf retour runter ins Erdgeschoss.

Als erstes ging ich in die Bäckerei. Normalerweise braucht es eine Weile, um heißen Tee in sich zu kippen und Berge von Croissants zu vertilgen. Dennoch ahnte ich, dass der Nerd und sein Chinese ein anderes Kaliber waren, und tatsächlich, als ich die verschachtelten Räume des Bäckerei-Cafés mit seinen Sofas, Stühlen und den unpraktisch kleinen Tischen absuchte, wurde ich nicht fündig. Die Männer hatten sich in Luft aufgelöst. Ich fragte zwei mittelalte Frauen, die dem Ein- bzw. Ausgang am nächsten saßen, nach den beiden Männern. Die eine Frau wägte den Kopf nachdenklich hin und her und sagte dann: „Kann sein." Die andere jedoch ließ ihren Kopf auf und ab wippen und wusste: „Na, klar, die sind links runter Richtung Bus-Halte gegangen."

So nahm ich die Verfolgung auf.

Die nächste Bushaltestelle liegt etwa 300 Meter von der Bäckerei entfernt, hinter einer Linkskurve. Der 25er brummte an mir vorbei, geriet allerdings noch vor der

Haltestelle in stockenden Verkehr. Ich lief los, ungeachtet der zwar niedlichen, aber doch für Spurtstrecken wenig geeigneten Ballerinas an meinen Füßen, die viel zu neu waren, um gänzlich bequem zu sein. Es scheuerte bei jedem Schritt empfindlich am linken kleinen Zeh, aber das konnte jetzt kein Hinderungsgrund sein. Gerade erhaschte ich noch einen Blick auf ein langes Hosenbein und lila Stricksocken, dann schloss sich die Bustür. Leider war ich noch zwanzig Meter vom Ziel entfernt und mein verzweifeltes Winken stimmte den Busfahrer nicht um. Nach Luft japsend stemmte ich die Hände in die Hüften und sah den Lichtern des Busses hinterher. Ich wusste, der 25er fuhr Richtung Innenstadt. Dort oder irgendwo auf der Strecke dorthin würde der Mann meiner Träume aussteigen. Vielleicht wohnte er hier irgendwo? Vielleicht wollte er jemanden besuchen? Möglicherweise musste er noch ein paar Einkäufe erledigen oder er fuhr zur Arbeit. Ich wusste nichts. Rein gar nichts wusste ich über ihn.

Und dann fing es an, wie aus Kübeln zu schütten.

CHAN

Die junge Frau war mir schon in der Bäckerei ins Auge gefallen, jetzt stand sie wie ein begossener Pudel ein paar Meter von dem Bus-Wartehäuschen entfernt, in dem ich in weiser Voraussicht Schutz vor dem sich ankündigenden Platzregen gesucht hatte. Als sich die Himmelsschleusen öffneten, rannte die Frau in meine Richtung los, und ich konnte sie unverfroren betrachten. Eine echte Naturschönheit. Skandinavisch blond mit flächigem Gesicht und hohen Wangenknochen, einem Mund wie eine gerade sich öffnende Rosenblüte, Augen so grün wie Jade. Die Figur zierlich und anmutig wie ein sich im Wind biegender

Bambus … Wenn ich so vor westlichen Frauen von ihresgleichen schwärmte, flogen mir jedes Mal die Herzen zu. Ein asiatisches Antlitz gewinnt enorm, wenn sich darin ein eloquenter Mund befindet, dem poetische Wörter entströmen wie dem Hals einer Sprite-Flasche die perlende Kohlensäure.

„Scheiße!" Die Schöne strich ihre feuchten Haare aus dem Gesicht. Auf ihrer Haut glitzerten Wassertropfen. Ich machte Platz. Sie roch leicht nach verschwitzter Baumwolle und einem Hauch Limone. Ihr Blick zum Himmel erschien mir düsterer zu sein als der dunkelgraue Himmel selbst. Dann sah sie mich an. „Do you speak english?". Der helle Klang ihrer Stimme entzückte mich, erinnerte mich an ein Harfenkonzert, dass ich vor einiger Zeit im Michel gehört hatte. Ich lauschte dem Satz hinterher …

„Offensichtlich nicht!", sagte sie enttäuscht, und es war zu spät, um das Missverständnis aufzuklären, denn sie hatte bereits ihren Daumen herausgestreckt und ein Auto angehalten. Der Fahrer öffnete die Seitentür, sie schlüpfte auf den Beifahrersitz. Durch die Windschutzscheibe, über die die Wischblätter wischten, konnte ich erkennen, wie die beiden sich unterhielten. Das Auto fuhr an, nutzte eine Lücke im Verkehr und machte eine schnittige Kehrtwende, einen U-Turn. Dann waren sie weg.

Meine Wohnung lag nur etwa 200 Meter von hier entfernt. Warum hatte ich nicht schneller reagiert und der bezaubernden jungen Frau Schutz vor dem Regen offeriert, ihr eine wärmende Tasse Tee angeboten und ein Gespräch angefangen, um sie von meinen Qualitäten zu überzeugen?

Freunde und Bekannte hielten es für eine Schnapsidee, als meine Eltern ihre einzige Tochter nach einer Meerjungfrau benannten. Niemand in unserer Familie schwamm sonderlich gut, man war froh, sich irgendwie über Wasser halten zu können. Ich wuchs heran und es wurde offensichtlich, dass sich meine Eltern nicht verspekuliert hatten. Mir blieb das Schicksal einer faden, strohblonden Carmen erspart, aus der doch eigentlich eine feurige Dunkelhaarige hätte werden sollen. Mein Vorname passte zu mir. Augenfarbe zwischen grün und blau, helle Haare fast bis zum Po, schmale Taille, runder Po, Körbchengröße C.

Ich hatte mich bereits mit meinem üblichen, nicht abreißenden Pech in Liebesdingen abgefunden. Doch einige Tage nach unserer ersten, flüchtigen Begegnung, zum Monatsanfang, wurde Emil Waller dann wieder an meine Gestade gespült, um es mal meerjungfrauenmäßig auszudrücken.

Livia Cremer, die rechte Hand vom Boss, machte – wie sie unablässig betonte – drei Kreuze, weil unser in der chilenischen Atacama Wüste verschollenes Forschungsgenie Dr. Johannes Ostin ersetzt werden konnte. Als der fleischgewordene „Coup" seine Vorstellungsrunde durch die Firma drehte und dabei bei uns in der Projektabteilung auftauchte, kauerte ich gerade auf nylonbestrumpften Schenkeln mit hochgerutschtem Rock vor meinem Schreibtisch und zerrte an der obersten Schublade, in der sich der Stick mit wichtigen Präsentationen befand. Das Fach klemmte. Ich fluchte vor mich hin.

„Attention please! Passt mal auf", gebot Livia Cremer aufmerksamkeitsheischend und machte nebenbei deutlich, dass sie das jüngst von unserer Firmenleitung verordnete Pflicht-Du als Anrede umsetzte: „Darf ich euch vorstellen ...“

Der Nerd hieß Emil Waller. Er schaute ins Nichts, als wir uns die Hand gaben. Die sich gegen ihre Bestimmung sträubende Schublade zog dagegen sein Interesse auf sich.

„Darf ich?“ Er ging neben mir in die Hocke, legte seinen Kopf schräg, so dass sein voller brauner Haarschopf sich in meiner Brusthöhe befand. Ich hüstelte in ein Tempotaschentuch, um meine Schnappatmung vor den anderen zu verbergen, die dabei zuschauten, wie Emil Waller in ritterlicher Manier und ohne viele Worte seine Hilfe darbot. Nicht nur die Cremer stierte auf Emil Waller, auch Diana umlagerte uns. Emils schmalen eleganten Hände rüttelten am Schubfach. Ich spürte mich ähnlich vibrieren wie die Schublade.

„Verklemmt?“, Diana grinste anzüglich. „Und was machst du dagegen, Emil?“

Sein Oberkörper richtete sich auf. Er nestelte eine Weile in seiner Hosentasche. Eine Geste, die wiederum unsere weiblichen Blicke auf sich zog, bis es ihm gelang, das Gesuchte ans Tageslicht zu befördern: Eine relativ große Büroklammer. Gebannt schaute ich ihm beim Entfalten des Metalls zu. Wie zartfühlend er mit dem profanen Gebrauchsgegenstand umging. Ich stellte mir vor, wie gefühlvoll er schon bald über das Nylon meiner Schenkel streicheln würde ...

„So wird das nix!“ Diana legte ihm ihre Hand auf die Schulter, er rückte zur Seite, sie übernahm die Problemlösung. Sie schlug kräftig gegen die Schublade, rüttelte daran – irgendwas löste sich, das Fach glitt auf.

Dianas Verdienst ignorierend, bedankte ich mich herzlich bei Emil Waller für seine Mühe. Als sich seine schmalen, klugen Augen für Sekunden auf mich hefteten, war ich glücklich!

Livia und er zogen weiter.

„Lila Socken", giggelte Diana, „der Typ muss schwul sein. Eigentlich schade, denn der sieht zum Anbeißen aus …" Klar, das war ihr auch aufgefallen.

Natürlich kam mir auch schon der Gedanke, Emil könne das männliche Geschlecht bevorzugen. Ich habe dann sofort recherchiert. Fehlanzeige! Er war sogar schon einmal verheiratet. Eine kurze Studentenehe. Mit einer Koreanerin. Vielleicht steht er nur auf Exotinnen? Wenn er sich als schwul erwiesen hätte, wäre ich ein bisschen traurig gewesen, aber es hätte meinen Selbstwertgefühlabsturz abgefedert und entlastet. So konnte und wollte ich die Sache nicht auf mir sitzen lassen. Ich wollte ganz unbedingt, dass sich dieser absolut süße Mann in mich verliebte.

„Und was hältst du von dem Chinesen?", riss Diana mich aus meinen Gedanken. Ich war ehrlich überrascht.

„Welcher Chinese?"

Diana lachte lauthals auf. „Na, so wie du diesen Emil mit deinen Blicken förmlich ausgezogen und aufgesaugt hast! Du hast den zweiten Chemiker gar nicht wahrgenommen. Den Chan?"

Wenn ich tief in meinem Unterbewusstsein kramte, fiel es mir wieder ein: Tatsächlich hatte Livia Cremer einen zweiten Mann vorgestellt, der sich mit Emil Waller die Aufgabe bei Peaceful Waters teilen sollte. Die beiden jungen Wissenschaftler sollten die Entwicklung alternativer Trinkwassergewinnungsmethoden vorantreiben.

Bei dem Anderen handelte es sich um den Chinesen aus der Bäckerei.

„Der spricht doch gar kein Deutsch!", sagte ich empört. „Ist das nicht umständlich?"

Diana sah mich entgeistert an. „Wie kommst Du denn darauf?"

Arielle hatte nur Augen für Emil, das wurde mir schnell sehr deutlich. Wäre sie bloß irgendeine schöne Frau gewesen, ich hätte ihm jede Aufmerksamkeit gegönnt, denn Emil war speziell. Ich kannte ihn als selbstgenügsamen Menschen und als Eigenbrötler. Emil selbst hatte mir anvertraut, dass er sich auf der Gefühlsebene unwohl fühlte und er seine Mitmenschen im Grunde nicht verstand. Genau genommen waren sie ihm egal. Natürlich war Emil klug genug, um seine Defizite zu kaschieren und das Vakuum vor Anderen soweit wie möglich zu verbergen. Denn im Grunde fühlte er sich in der Rolle des Außenseiters nicht ganz wohl. Er passte sich an. Das machte ihn zwar leichtgängiger, aber auch, wie ich fand, „verwaschener". Emil zerstörte seine Konturen selbst, zeichnete weich, gab sich ein kleines Stück weit auf.

Als Forscher dagegen war Emil ein anderer. Kompromisslos, leidenschaftlich an möglichst eleganten Lösungen interessiert, an der Sache orientiert. Da legte er sich fest. Das war sein Terrain. Auf diesem Gebiet verstanden wir uns blind – meistens.

Emils Eindimensionalität befähigte ihn zu außergewöhnlichen wissenschaftlichen Leistungen.

Genauso wie Emil hatte auch ich mich der Entwicklung alternativer Trinkwassergewinnungsmethoden verschrieben. Mich faszinierte, dass Wasser durch nichts ersetzbar war, ohne Trinkwasser könnten die Menschen nicht leben.

Es gab zahlreiche Ressourcen. Denken wir an Quellen. Brunnen werden ausgeschachtet, um an Grundwasser zu gelangen. Oberflächenwasser wird aus Flüssen und Seen gepumpt. Bisher noch viel zu energieintensive Entsalzungsanlagen machen Meerwasser trinkbar. Aber diese Möglichkeiten sind nicht überall auf der Erde verfügbar und oft auch viel zu teuer. Etwa drei Milliarden Menschen haben keinen Zugang zu sauberem Trinkwasser. Wer würde dies nicht verändern wollen, stünde es in seiner Macht?

Es gab ein interessantes Projekt in der Wüste, bei dem in einem autarken Kreislauf aus Salzwasser und Sonnenlicht nicht nur Lebensmittel, sondern auch sauberes Wasser entsteht. Kühlt die Wüste in der Nacht ab, kondensiert Wasser an den Innenflächen von Gewächshäusern und wird für die Bewässerung und als Trinkwasser gesammelt.

Bei *Peaceful Waters* hatte eine Weile lang Emils Vorgänger Johannes Ostin Großes geleistet. Er hatte auf den Anhöhen in der chilenischen Atacama Wüste, Feuchtigkeit aus Nebel gezogen. Das Verfahren war ebenso simpel wie preiswert: Feinmaschige Netze wurden auf große Rahmen gespannt und senkrecht zur Windrichtung aufgestellt.

Der gut funktionierende Flurfunk bei unserem neuen Arbeitgeber meldete, dass Emil und ich eine ähnlich geniale wie simple Hightech-Idee entwickelt hatten, die bereits in der Testphase war.

Darüber wussten nur wenige Leute genauer Bescheid: Außer Emil und mir nur der Boss und Livia Cremer.

ARIELLE

Wann auch immer ich es einrichten konnte, Emil Waller über den Weg zu laufen, tat ich es. Doch noch immer hatte ich nicht das Gefühl, dass der Mann mich wirklich sah. Er vermittelte den Eindruck, unbeeinflussbar von weiblichen Reizen zu sein. Trotz eingehender Beobachtung konnte ich nicht erkennen, dass er im Gespräch mit sexy Mia womöglich mehr Schweiß absonderte als bei der langweiligen Dorothea. Er versuchte auch nicht witziger oder charmanter zu sein, wenn er es mit einer der Schönheiten unserer Firma zu tun hatte. Er war ganz einfach zu jeder Frau freundlich. Vorübergehend kam mir der Verdacht, er könne auf dickbebrillte, unattraktive Mädchen abfahren. Denken wir nur an Bill Clinton, der sich als Student in die – sorry dafür – Schreckschraube Hilary verknallte! Der Intellekt solcher Frauen törnt manche Männer an, ihre Sprödigkeit und ihre Widerborstigkeit. Mit derartigen Eigenschaften kann ich nun mal nicht dienen. Ich wurde ganz anders sozialisiert. Nicht dass ich meine wahre Natur im Berufsleben offenbarte. Niemals! Aber privat bin ich ein geschmeidiges, anschmiegsames Schnurr-Kätzchen, für jeden Unsinn zu haben. Phantasievoll, verspielt, ... Nein, dies soll keine Kontaktanzeige werden.

Emil Waller arbeitete schon vier Wochen bei uns, und ich begann langsam an meinem Verstand zu zweifeln. Eine dumme kleine Hoffnung hielt mich bei der Stange. Ich bildete mir ein, er könnte mich plötzlich doch wahrnehmen im Sinne von „Wow! Die Frau ist ja atemberaubend, die muss ich unbedingt kennenlernen. Was sage ich nur?" Wenn ich so ein Aufglimmen in seinen ruhigen, ungemein attraktiven Gesichtszügen endlich erkennen würde, gäbe es für mich kein Halten. Nicht einen Augenblick lang würde ich zögern! Ich würde mich an seinen Hals werfen und ihn unter meinen leidenschaftlichen Küssen begraben. Offensive Vorgehensweise von äußerst hübschem Mädchen – welchen Mann stört so ein Verhalten schon? Aber Emil Waller war anders. Wie gesagt, ich war rettungslos in einen Mann verliebt, der mich nicht sah.

Doch irgendwann hat jeder mal Glück.

Endlich veränderte sich die Situation zu meinen Guns-
ten. Man übertrug Emil und Chan das sogenannte „Hong-
kong-Waters-Projekt". Der Boss selbst ordnete an, dass
ich die beiden Neuen begleiten sollte. In der ganzen Firma
tuschelte man, wieso ich so eine Mordssache an Land gezogen hatte. Nun, ich nehme an, der Boss vertraute darauf, dass ich die Chinesen ganz einfach in Grund und Boden lächeln würde, Die Charme-Offensive ist meine er-
probte Strategie, da stelle ich sogar die Ursula von der
Leyen, in den Schatten.

Als Projektmanagerin war ich in der Firma für Budget,
Finanzen und Rahmenbedingungen zuständig. Während
die beiden Männer sich um den eigentlichen Gegenstand
unseres Auftrags kümmern sollten: Alternative Wassergewinnung für die chinesische Megacity, die 1997 von der
britischen Kronkolonie an China zurückgegeben wurde
und seitdem für eine Übergangszeit von 50 Jahren einen
Sonderstatus innerhalb des riesigen Reichs der Mitte hat.
Die Hongkong-Chinesen wehren sich dagegen, ihre ange-
stammten Freiheiten aufzugeben. Die Möglichkeit einer
Abspaltung von China besteht dennoch kaum, denn man
ist abhängig vom Umland und damit von den chinesischen
Ressourcen wie Strom- und Gasversorgung, aber auch
vom Wasser. Wohlhabenden Auslands-Hongkong-Chine-
sen haben sich zusammengeschlossen, um Auswege aus
dieser Abhängigkeit zu finden. Unter anderem wurde unsere Firma beauftragt, Problemlösungen für eine alternative Wasserversorgung zu erarbeiten.

Die Auftraggeber hatten uns für ein Kick-off, zu einem
vorbereitenden Austausch, nach Hongkong eingeladen.
Von Hamburg aus flogen wir über Frankfurt dorthin. Es war
ein Nachtflug, und da ich die Kleinste und Zierlichste von
uns dreien bin, setzte ich mich auf den Mittelplatz. Chan

saß am Fenster und Emil hatte den Gangplatz eingenommen.

Als die Stewardess das Abendessen servierte („Chicken with rice or beef with potatoes?"), lehnte Emil ab und orderte nur Wasser.

„Also kulinarisch verlockend finde ich das Plastikessen auch nicht, aber wir bekommen erst in sieben Stunden wieder etwas, würde ich mal schätzen", sagte ich fast mütterlich besorgt und war gespannt, ob diese Art der Ansprache bei Emil Waller zum Erfolg führen würde. Meine schlanken Beine im schwarzen Lederminirock, der V-Ausschnitt meines engen Pullis, in dem sich meine Brust deutlich abzeichnete, hatten jedenfalls keinen erkennbaren Effekt bei ihm hervorgerufen …

Aber Emil schüttelte den Kopf und zog eine Pillendose aus dem Beutelfach seines Kapuzenpullovers. Er schraubte die Dose auf und hielt sie mir vor die Nase. Es roch nach Anis.

„Was ist das?"

„Nur eine davon versorgt mich mit den Proteinen, Vitaminen von einem einfachen Abendessen. Außerdem unterdrückt es das Hungergefühl."

„Woher hast du das? Damit könnte man ja die hungernde Weltbevölkerung retten!"

„Ein Freund von mir experimentiert damit … Und, nun ja, die Rettung ist natürlich sein Ziel." Emil Waller ließ nie einen Zweifel daran, dass kein Ziel zu groß war für Forscher wie ihn, soviel hatten wir alle bei *Peaceful Waters* schon längst über seine Ambitionen mitbekommen. Und ich fand das aufregend und sexy, ich konnte mir nicht helfen. Andererseits machte ich mir Sorgen um ihn.

„Dann bist du erstmal sein Versuchskaninchen und weißt nichts über die Nebenwirkungen?"

„Genau." Er öffnete den Mund, um eine der Pillen zu schlucken.

„Mach das nicht", warnte ich ihn und konnte mich kaum bremsen, ihm die Pille nicht aus der schmalen, schönen Hand zu schlagen. „Womöglich gefährdest du oder – im schlimmsten Falle – zerstörst du sogar deine Fruchtbarkeit oder dein kostbares Erbgut! Das wäre doch schade, wenn du dich nicht reproduzieren könntest …" *Mit mir, mit mir, mit mir …* ergänzte ich den Satz in meinem Kopf.

Es war das erste Mal, dass ich Emil Waller in herzhaftes Lachen ausbrechen sah.

Neben mir kommentierte Chan: „Der hat doch seinen Samen längst für die Ewigkeit einfrieren lassen, unser Genie. Das Sperma wird bedarfsgerecht eingesetzt. Vielleicht erst wenn er ein ganz alter Mann ist, ohne jede wissenschaftliche Inspiration, dann erst erfreut er sich seines Nachwuchses. Wahrscheinlich ist die Trägerin seines Samens heute noch gar nicht geboren …" Er lachte nicht.

Und ich auch nicht.

CHAN

Arielles Kopf lehnte an meiner Schulter, so dass ich den Duft ihrer Haare aufsaugen konnte. Die dünne Wolldecke, die alle Passgiere der Economy-Class erhalten hatten, umschloss ihre Schenkel. Leider wurde mir so der Blick auf die Silhouette ihrer Schenkel verwehrt. Dafür war die Decke auf Taillenhöhe gerutscht, so dass ich einen wunderbaren Ausblick auf die Hügel unter dem enganliegenden Kaschmirpulli genießen konnte. Arielle schnarchte ein bisschen, was mein Entzücken hervorrief. Denn ich stellte mir vor, wie wir gemeinsam zukünftig unsere Nächte nach dem Labsal, den unsere Körper uns geschenkt hätten, eng umschlungen miteinander verbringen würden. Und selbst wenn finsterste Nacht wäre, würde ich ihren Atemzügen lauschen können. Es störte mich überhaupt nicht, dass sie nicht die hellste Leuchte war, dafür war sie nicht nur bild-hübsch, sondern auch süß und charmant.

Emil, der größte Ignorant seit es männliches Begehren gibt, schlief neben ihr in der gleichen statischen Haltung, die er sofort nach dem Abendessen eingenommen hatte – und dies war inzwischen vier Stunden her, seither hatte er die Position nicht verändert. Ich wusste es genau, denn ich selber hatte keinen Moment ein Auge zugetan. Zu sehr war ich damit beschäftigt gewesen, meine Gefühle für Ari-elle unter Kontrolle zu halten.

Ich hatte ein ganz normales Privatleben, Emil eher nicht. In seiner Freizeit forschte er einfach weiter. Ich nahm an, Emils Pillen enthielten nicht nur Bestandteile, die ein Sättigungsgefühl hervorriefen, sondern auch Tranquilizer oder Sedativa.

Mit Arielles Kopf auf meiner Schulter, schlief ich endlich ein.

ARIELLE

Oh nein! Mein Kopf ruhte auf Chans Schulter, als ich auf-wachte. Fröstelnd löste ich mich von ihm, rieb mir den Schlaf aus den Augen. Ich ärgerte mich über mich selbst. Emil war mir so nah wie nie zuvor gekommen in diesem Airbus 380, und ich hatte es nicht ausgenutzt, sondern war dummerweise auf die andere Seite gesunken.

Wo war Emil überhaupt?

Auf dem Platz neben mir lag sein grüner Kapuzenpulli. Ich schälte mich aus der Decke, dann hievte ich mich aus dem Sitz. Chan schlief noch, seine Decke lag zerknüllt zu seinen Füßen auf dem Teppichboden. Eine fürsorglichere Frau hätte den Chinesen zugedeckt. Aber was ging mich Chan schon an?

Vor dem Klosett in der Schlange stand Emil und sah schlampig wie ein Rockstar der 70er Jahre in der Unterwäschemode des neuen Jahrtausends aus. Die Haare waren gewuschelt, das Jeans Hemd musste entweder einem anderen, kleineren Menschen gehören oder war bei der letzten Wäsche eingelaufen. Jedenfalls war es hinten viel zu kurz, so dass man eine karierte Boxershorts sah, die ihm vorne sicherlich bis zum Bauchnabel ging. Ich fuhr mit den Händen durch mein Haar und stellte sicher, dass meine Körperhaltung straff war, trotz des augenblicklichen Rüttelns der Flugmaschine. Ich stellte mich sogar auf die Zehenspitzen.

„Moin, Emil", raunte ich ihm in den Nacken.

Er drehte sich zu mir um, und ich sah – 70er Jahre Rockstar – einen Wald schwarzer Brusthaare, denn es waren lediglich die beiden unteren Knöpfe des Hemdes zugeknöpft. Sein Brusthaar verströmte einen süßlichen Schweißgeruch, der meine Sinne vernebelte.

„Du schnarchst", sagte Emil. „Das kann gefährlich sein, insbesondere wenn du im Liegen schläfst."

„Willst du jetzt wissen, ob immer jemand auf mich aufpasst? Des Nachts, meine Ich?", sagte ich, nicht nur wegen des süßlichen Körpergeruchs zum Flirten aufgelegt.

„Das wäre sicherlich besser", erwiderte er ernsthaft. Und dann, ich hatte die Hoffnung schon aufgegeben, fragte er tatsächlich: „Hast du?" In diesem Moment kam Bewegung in die wartende Schlange, alle vier Toilettentüren hatten sich zeitgleich wie auf Kommando geöffnet, und sowohl Emil als auch ich konnten freie Kabinen entern.

Zwischen Toilette und Waschbecken eingezwängt, schaute ich in den Spiegel und grinste mich selbst an: „Vielleicht hat Emil Waller doch bereits angebissen, nur er ahnt es selbst noch nicht." Bleib dran, ermunterte ich mich. Dann wandte ich mich meiner morgendlichen Toilette zu.

CHAN

Als Hongkong 1997 an China zurückfiel, waren meine Eltern wie die meisten wohlhabenden Hongkonger vor dem drohenden kommunistischen Einfluss in die westliche Welt geflohen. Viele meiner Verwandten waren über den gesamten Planeten verstreut: Kanada, Australien, USA, Großbritannien, Frankreich, Deutschland … Mit zehn Jahren landete ich in Hamburg, wo sich meine Familie niederließ – mein Vater als Geschäftsmann, meine Mutter als Mikrobiologin tätig. Ich lernte rasend schnell deutsch, assimilierte mich, während meine Eltern in ihrer chinesischen Welt verhaftet blieben. Die Leidenschaft meiner Mutter für Biologie und Chemie sprang auf mich über. Ich studierte Biochemie und Materialwissenschaften und wurde schon während meiner Schulzeit von der Studienstiftung des deutschen Volkes gefördert. In diesem selektierten Kreis besonders begabter und befähigter junger Menschen lernte ich Emil Waller kennen. Intellektuell harmonierten wir erstklassig. Wir nahmen an *Jugend forscht* teil und gewannen zweimal den ersten Preis. Schon während des Studiums buhlten die Firmen um uns beiden außergewöhnlich Begabten, und wir konnten nach persönlicher Interessenlage unsere Auswahl treffen.

Aus diesem Grund sind wir schließlich bei *Peaceful Waters* gelandet, einem kleinen, feinen, innovativem Unternehmen mit einem Vorgänger, der als Guru bezeichnet werden konnte. Aufgrund dessen guten Rufs, dann aber im persönlichen Gespräch mit unserem jetzigen Chef, den eine besondere persönliche Aura umgibt und der enorme Energie ausstrahlt, hatten Emil und ich uns für diese Firma entschieden. Der Chef von *Peaceful Waters*, obwohl auch Geschäftsmann, sieht die Forschung an erster Stelle. Fürs Geschäftliche steht ihm Livia Cremer zur Seite, eine Frau, die schwer zu durchschauen ist. Livia hatte dafür gesorgt, dass Emil, Arielle und ich nun nach Hongkong flogen. Sie ist die Strippenzieherin im Unternehmen. Ohne sie passierte nicht viel. Wenn sie nicht das optische Gegenteil davon wäre, könnte man sie fast eine graue Eminenz nennen.

Beim Landeanflug auf Hongkong bekam Arielle schwitzige Hände, beobachtete ich. Sie klammerte sich an die Sitzlehnen. Am liebsten hätte ich ihre Hand genommen und gestreichelt, aber ich befürchtete, sie würde meine Annäherung empört zurückweisen.

ARIELLE

Wirklich. Ich hasse es zu fliegen. Besonders die Landung bedeutet für mich jedes Mal aufs Neue eine Qual. Obwohl man doch immer irgendwie hinunterkommt … haha. Es war nicht besonders originell, was Emil Waller neben mir äußerte. In diesem Moment meiner eigenen Anspannung hatte ich wenig im Sinn, mich in ihn hineinzufühlen. Aber jetzt, im Nachhinein, vermute ich, dass Emil ebenso wie ich von Flugangst geplagt war. Wer weiß, welche Wirkstoffe wirklich in seinen Pillen gesteckt hatten?

Am internationalen Flughafen auf der Insel Chek Lap Kok nahmen wir uns ein Taxi nach Tsim Sha Tsui im Süden der Halbinsel Kowloon. Ein emsiges Geschäftsviertel von dessen Promenade aus man einen prächtigen Blick auf Hongkong Island hat. Emil Waller saß neben dem Chauffeur im Fond, Chan und ich hinten. Emil unterhielt sich auf Chinesisch, was er sichtlich genoss, während Chan die ganze Zeit über schweigend auf meine Schenkel im engen Lederrock starrte.

Wir checkten im Hotel ein. Nach dem Frischmachen wollten wir uns auf einen Snack in der Hotelbar treffen, die einen ausgezeichneten Ruf hatte. Der Zeitunterschied zwischen Hamburg und Hongkong beträgt sieben Stunden. Es war jetzt kurz nach sechs Uhr abends, wir mussten also Zeit überbrücken.

Chan und ich hatten Zimmer im 32. Stock, Emil musste leider schon im 27. Stock aus dem Fahrstuhl aussteigen. Der Lift war gläsern und bot einen Ausblick auf das Häusermeer, aus dem Kowloon genauso wie Hongkong Island besteht. Die Skyline aus Betonhochhäusern raste an uns vorbei.

„Darf ich dir mit deinem Koffer helfen?", bot Chan an, als wir aus dem Lift stiegen. Mein Koffer war ein mittelgroßes Model mit vier kleinen Rädern. Wenn Emil mir das Angebot gemacht hätte, mich und mein Köfferchen auf mein Zimmer zu begleiten, hätte ich den Teufel getan abzulehnen.

„Danke, nicht nötig", lehnte ich ab und ging voran bis zu meinem Zimmer; Chan zog an mir vorbei, wobei sein Arm meinen Rücken streifte.

Das Zimmer war sehr elegant mit einem gemütlichen Kingsize Bett, einem Marmorbad und einem atemberaubenden Panoramablick durch fußbodentiefe Fenster, die die gesamte Zimmerbreite einnahmen. Kowloon lag mir zu Füßen, unter mir funkelte das Wasser vom Hafen von Hongkong, erste Lichter flackerten auf, es war die blaue

Stunde, bald schon würde es dunkel sein und Hongkong
ein einziges funkelndes Lichtermeer sein.

Die Bar, das musste ich zugeben, hatte Stil. Ich nahm an
einem der niedrigen Tische Platz und beschloss, mit meiner Bestellung nicht auf die anderen zu warten. Mein Magen knurrte und ich wählte ein Sandwich mit Lachs. Zudem
dürstete es mich nach einem Glas Gin Tonic.

Arielle erschien kurze Zeit später und sah umwerfend
aus. Sie trug ein rückenfreies purpurfarbenes Cocktailkleid
mit spitzem Ausschnitt und hatte ihre Haare frisch gewa-
schen. Jedenfalls glänzten sie wie Goldstaub. Sie beugte
sich zu mir vor, um mein angebissenes Sandwich besser
in Augenschein zu nehmen. Ich roch das Hotelshampoo,
das auch ich gerade benutzt hatte.

„Emil noch nicht da?", fragte sie mich.

Ich war schon öfter mit Emil geschäftlich verreist gewesen und hatte ihn als äußerst ungeselligen Begleiter kennengelernt. Emil hatte sich zwar vorhin nicht gegen die
Verabredung gewehrt, aber es konnte durchaus sein, dass
er schwänzen würde.

„Vielleicht ist er zu müde."

„Aber er hat doch im Flugzeug wie ein Baby geschla-
fen." Arielle zog ihren weiten Rock glatt, bevor sie sich in
dem niedrigen Cocktailsessel niederließ. Sie schaute sich
um. „Chic hier."

„Du bist traumhaft schön heute Abend", der Satz perlte
mir unvermeidbar von den Lippen.

Sie grinste und wandte sich der Bedienung zu, ein junger Chinese mit gestriegelter Kurzhaarfrisur, der dezentes
Interesse ausstrahlte.

„One Daiquiri, please and the same", sie deutete mit einem Kopfnicken auf meinen halbleeren Teller.

ARIELLE

Während ich aß, unterhielt mich Chan. Er sprudelte wie ein „Bubble Tea", ein erfrischendes, gesüßtes Teekaltgetränk mit den speziellen Tapiokaperlen, die aus den Wurzeln der tropischen Maniokpflanze gewonnen werden. Der Chinese war äußerst charmant, und er zauberte mit Worten eine spezielle Atmosphäre, die mir half, mich zu entspannen. Der Abend gefiel mir, und ich vergaß, an Emil zu denken, was mir in den letzten Wochen kaum gelungen war. Ich nahm noch einen zweiten Daiquiri, den die Barista, die mit ihrem straff nach hinten gebundenen Haarzopf und der zierlich fettfreien Figur aussah wie eine obercoole Asiatin mit exquisiten Karatekenntnissen aus einem James Bond Film, jederzeit bereit, englische Agenten aus dem Weg zu räumen. Chan und ich starrten gebannt auf die Schüttel-Show, die die Dame für uns abzog. Kunstvoll und rasend schnell, dabei absolut statisch und körperbeherrscht, zeichnete sie mit dem Cocktailshaker eine Abfolge von Mustern in die Luft, dass mir vom Hinsehen schon ganz schwindelig wurde. Dann goss sie ebenso schwungvoll wie präzise das kalte Getränk randvoll in mein Martiniglas. Chan sah ihr hinterher. Es störte mich, nicht mehr seine volle Aufmerksamkeit zu genießen.

„Wow", sagte ich. „Tolle Show."

Er nickte. „Tolles Weib."

„Na, dann versuch doch dein Glück bei der. Ihr sprecht doch dieselbe Sprache", sagte ich schnippisch.

„Das tun wir zwei doch auch, oder?" Er lächelte und – so kam es mir vor – seine Brust in dem wirklich erstklassig sitzenden, hochwertigen weißen Hemd wirkte noch breiter als zuvor.

Wir maßen uns mit unseren Blicken, als wir mit den Cocktails anstießen. Erst dann fiel mir auf, dass Emil die Bar betreten hatte.

CHAN

Emil versaute mir diesen Abend, der so vielversprechend begonnen hatte. Zum ersten Mal hatte ich mich von Arielle wirklich wahrgenommen gefühlt und – wie ich es längst vermutet hatte – schwang etwas zwischen uns, was zumindest ich eindeutig als Anziehung wahrnahm. Auf die erstklassige Barista hatte sie jedenfalls so missgelaunt reagiert, wie Frauen es tun, wenn sie befürchten, dass ihnen jemand das Krönchen vom Kopf stibitzen möchte. Ich sah meine Chancen, irgendwann in Arielles Armen zu landen, gewaltig steigen.

Bis Emil auf der Bildfläche auftauchte.

Ich hatte gehofft, er habe sich noch ein paar Pillen statt vernünftiger Nahrungsmittel eingeworfen und würde sich bis zum nächsten Morgen selbst außer Gefecht gesetzt haben. Aber aus irgendeinem Grund hatte Emil die andere Variante gewählt. Auch er bestellte ein Sandwich, dazu ein Tiger Beer. Hungrig griff er in die Schale und warf sich Erdnüsse ein. „Mr. William Wong hat mich eben kontaktet", sagte er kauend.

Ich wusste natürlich, dass Emil den Auftraggeber von *Hongkong Waters* meinte, und fragte mich, wieso es Mr. Wong bevorzugt hatte, Emil anzurufen.

Arielle nippte an ihrem Daiquiri und beugte sich sitzend ein Stück vor, so dass sie Emil einen prächtigen Blick in ihren hinreißenden Ausschnitt gewährte. „Und?", fragte sie.

„Er hat abgesagt. Sitzt gerade in Verhandlungen in Vancouver und ist erst übermorgen zurück", sagte Emil.

„Unglaublich! Warum erfahren wir das jetzt erst?", fragte Arielle nicht zu Unrecht.

„Mr. Wong will uns eben begreiflich machen, wer von uns die Spielregeln aufstellt. Wir sollen uns nicht für so wichtig erachten", sagte ich.

„Dann sehen wir uns eben Hongkong an, na und?", sagte Arielle, und mir gefiel ihr Pragmatismus.

„Oder wir arbeiten weiter an einer noch besseren Lösung für das Projekt, nicht wahr, Chan?", sagte Emil, und seine Begeisterung, das musste ich einräumen, wirkte echt.

„Also mir gefällt Arielles Vorschlag erheblich besser", sagte ich.

„Aber Emil hat völlig recht. Wir sind hier schließlich nicht zu unserem Vergnügen", fiel Arielle mir in den Rücken. „Ich stehe jedenfalls zur Verfügung für harte Arbeit ..."

ARIELLE

Wenn eine Frau wie ich ein Ziel verfolgt, dann tut sie das ohne Kompromisse. Natürlich hätte ich mir lieber die aufregende Weltstadt angeschaut, als zu arbeiten. Wenn es mir aber am meisten bedeutete, von Emil geliebt zu werden, dann würde ich den Teufel tun, und mit Chan auf Sightseeing-Tour gehen. Ich checkte kurz meine Gefühle und kam zu dem Schluss, dass es genauso war: Ich wollte nur Emil und sonst keinen!

Am nächsten Morgen fiel es mir schwer aufzustehen. Mein gesamtes Zeitgefühl war durcheinandergeraten.

Beim Frühstück im Hotel traf ich weder den einen noch den anderen meiner beiden Kollegen. Als ich in den 32. Stock zurückkehrte, hielt Chan vor meiner Zimmertür Wache. Wie ein Soldat das Gewehr über der Schulter hält, so hatte Chan einen Stock-Regenschirm geschultert. Zum gut gebügelten weißen Baumwollhemd trug er dunkelblaue Bermudas.

„Zieh dir was Bequemes an", sagte er, „wir fahren auf den Peak."

Der Hongkong Peak, ein Hügel von dem aus man eine spektakuläre Sicht über die Stadt hat, war wegen dieser Aussicht eine der Touristenattraktionen, die man besucht haben musste, wenn man nach Hongkong kam.

„Wir fahren wohl kaum auf den Peak. Emil und ich jedenfalls wollen arbeiten", sagte ich störrisch.

Chan seufzte. „Das eine schließt das andere doch nicht aus! Wir vertrödeln so viel Zeit mit Argumentieren. Emil habe ich eben überzeugt, dass wir uns in ein schönes Restaurant auf dem Peak setzen, uns an Tee und köstlichen Dim Sum laben und dabei nachdenken …"

Still ärgerte ich mich über Emil, der uns die Chance vermasselt hatte, zu zweit zu sein, während Chan sich meinetwegen auch zum Mond hätte bewegen können. „Ich glaube nicht, dass es so funktioniert", bockte ich. „Die anderen Besucher werden uns ablenken, es ist effektiver im Hotel zu arbeiten."

„Kann es sein, dass du eine kleine Streberin bist?"

Ich straffte meinen Oberkörper und hob den Kopf, so dass ich auf Augenhöhe mit ihm war: „Von nichts kommt eben nichts, das hat schon mein Vater gepredigt."

„Genau. Und deshalb treffen wir uns in zwanzig Minuten unten in der Lobby." Chan drehte sich um und ging. Ich legte die Zimmerkarte an den Sensor. Die Tür schnappte auf. Natürlich schaffte ich es nicht in zwanzig Minuten ausgehfertig zu sein, ich brauchte vierzig.

Als ich die Lobby betrat, sah ich mit Genugtuung, dass die Männer auf Clubsesseln in der Lobby lümmelten, beide mit ihren Smartphones beschäftigt – und auf mich warteten. Emil sah wie ein Sozialpädagogikstudent aus mit Schlabbersachen, Sandalen und Jutetasche.

Außerdem trug er eine dunkle Sonnenbrille, die er den ganzen Tag nicht abnahm.

Wir beschlossen mit dem Taxi zum Peak zu fahren, obwohl es die klassische Variante gewesen wäre mit der historischen Peak Tram den Hügel steil und geradewegs zu nehmen. Es war Chan aber bekannt, dass es lange Warteschlange gab, in der sich zig Touristen einreihten.

CHAN

Es war ein hartes Stück Arbeit gewesen, Emil davon zu überzeugen, dass er keine Lust hatte, den heutigen Tag arbeitend in seinem Hotelzimmer zu verbringen. Zum Schluss hatte ich ihm meine Faust ins Auge gerammt – erst diese Geste erinnerte Emil daran, dass er mir noch etwas schuldig war.

Emil war ziemlich übel gelaunt, aber das war ganz in meinem Sinne. Maulfaul und ungesellig blieb er, bis sie den Peak erreichten. Ein leichter Dunst hing über der Stadt, und dennoch war die Aussicht einfach überwältigend. Wie verabredet, steuerten wir zunächst das „Peak Look Out" an, eines der ältesten Restaurants von Hongkong, das um 1900 herum im Stil eines englischen Landhauses aus klobigen grauen Granitsteinen erbaut worden war. Auf der Terrasse hatte ich einen Tisch für uns reservieren lassen. Der elegante Kellner in weißer Jacke führte uns durch einen Saal mit gemauertem Kamin, Holzstühlen und Tischen sowie einem Piano auf die Terrasse, die von beeindruckenden alten Bäumen umrahmt wurde, und mit ihren zahlreichen Palmen tropisches Flair ausstrahlte.

„Traumhaft", seufzte Arielle zufrieden und nahm auf einem Stuhl aus Eisen Platz. Sie zeigte auf einen mehrstämmigen Baum, fast dreißig Meter hoch. „Wie heißt der da noch gleich?"

„Das ist eine Banyan-Feige. Das, was da von oben nach unten wächst, sind Luftwurzeln", sagte ich. „In Indien gilt der Banyan als heilig."

Während Emil seinen Laptop wortlos auf den Tisch stellte, aufklappte und hochfuhr, unterhielten Arielle und ich uns weiter über botanische Besonderheiten in tropischen Ländern. Arielle kannte sich nicht wirklich damit aus, erwies sich aber als interessierte Zuhörerin. Der Eindruck in ihr eine geeignete Gefährtin fürs Leben gefunden zu haben verstärkte sich bei mir noch. Dann wurden wir brüsk durch ein Kreischen unterbrochen.

Was dann passierte, kommt mir noch heute vor wie aus einem James Bond Film.

Aus dem Geäst des Banyanbaums schwang sich urplötzlich ein Schimpanse zielstrebig auf unseren Tisch zu. Mit seinen langen Armen griff er nach Emils Laptop. Emil hielt den Computer fest, aber der Schimpanse war stärker. Mit dem Computer unter die eine Achsel geklemmt, mit dem anderen Arm sich beim Laufen abstützend, bahnte sich der Affe an den besetzten Tischen vorbei einen Fluchtweg. Meiner Kehle entwich ein wütender Laut. Sofort sprang ich auf, als der Dieb im Innenraum verschwand. Ich lief ihm hinterher und sah, wie eine junge Asiatin die Eingangstür für den Affen aufhielt, als sei er ein Gentleman in Eile. Ich folgte ihm auf den Vorplatz – zu spät. Der

Schimpanse war in ein Taxi geklettert, das mit röhrendem Motor davonfuhr.

„Kennen wir uns nicht?" Die Frau sprach ausgezeichnetes Mandarin und sah aus wie eine allein reisende chinesische Touristin in einem luftigen Sommerkleid, wie sich viele auf dem Peak tummelten und ein Selfie nach dem anderen schossen.

„Ich wüsste nicht woher …", sagte ich verblüfft.

Sie machte einen Schritt auf mich und stand jetzt so nahe neben mir, dass ich ihr blumiges Parfüm riechen und etwas sehr Spitzes an meiner rechten Hüfte spüren konnte, was ich für ein Messer hielt. Sie umschlang mich, drückte mir einen langen Kuss auf die Wange und raunte: „Keine Mätzchen, du kommst mit mir!"

ARIELLE

Was war das denn für eine Nummer gewesen? Zirkus Zamparoni, oder was?

Im Gegensatz zu Chan, der wie ein angestochenes Schwein laut aufgeschrien und dem Schimpansen hinterhergelaufen war, hatte Emil sich nicht von der Stelle gerührt. Ich selbst war Chan hinterhergeeilt, bis ich ihn in leidenschaftlicher Umarmung mit einer hübschen Asiatin gesehen hatte. Wer hätte da stören wollen? Nun stand ich unschlüssig auf der Terrasse, am Rand einer Gruppe glotzender Restaurantbesucher, die sich zusammengerottet hatten, um dem Schimpansen zumindest mit ihren Blicken zu folgen. Die Stimmung war von überrascht auf erheitert umgesprungen, die Leute redeten angeregt miteinander, auch wenn man sich nicht kannte. Das gemeinsame Erlebnis schaffte eine kurzfristige Einigkeit. Ich glaube, die Leute gingen davon aus, dass Chan der Bestohlene war, weil er dem Dieb hinterherjagte. Denn Emils Reaktion ließ nicht den Eindruck aufkommen, er wäre der Besitzer des Laptops. Die Aufregung legte sich schnell wieder, genauso wie ich nahmen auch die anderen Gäste ihre Plätze wieder ein.

„Sag mal, du bist ja so was von cool – bedeutet dir der Laptop denn gar nichts?" Selbstverständlich dachte ich vor allen Dingen an die möglicherweise verloren gegangenen Daten …

„Ist doch alles in der Cloud", sagte Emil. „Du glaubst doch nicht etwa, dass auch nur irgendetwas wirklich wichtiges sich als Datei auf dem Ding befindet?"

„Aber warum wurde dir das Gerät gestohlen? Oder meinst du, das war tatsächlich nur ein Scherz von dem Affen?"

„Unwahrscheinlich." In den dunklen Gläsern seiner Brille spiegelte sich mein Gesicht.

„Und wo bleibt Chan?" Ich war doch etwas besorgt um unseren Kollegen, der nicht wieder auftauchte.

„Lass doch den Idioten dem Affen hinterherlaufen … Wir brauchen den nicht."

„Ja?!" So etwas wie Hoffnung keimte in mir auf. Hatte Emil etwa seine Meinung geändert und fand es schön, mit mir etwas anderes zu machen als zu arbeiten?

„Aber klar. Wir verfolgen unseren ursprünglichen Plan."

„Ins Hotel zurück?" Bevor sich ein Hauch von Enttäuschung in mein Gemüt schleichen konnte, blitzte der Gedanke an das Hotelzimmer mit dem schönen breiten Kingsize Bett vor meinem geistigen Auge auf …

„Aber wir nehmen die Peak Tram für die Rückfahrt, dann haben wir wenigstens ein wenig touristisches Programm absolviert", verhandelte ich. Die Peak Tram ist eine Standseilbahn und gehört zu den weiteren Attraktionen der

Stadt. Es gibt sie seit 1888. Die eingleisige Strecke ist ungefähr 1,3 km lang, der Höhenunterschied beträgt 368 Meter. Die Peak Tram ist ebenso kultig wie die Star Ferry, die laufend, von der Kowloon Seite nach Hongkong Island übersetzt.

„Okay."

„… und einen chinesischen Tee trinken wir hier auch noch!"

Auch dagegen hatte Emil nichts einzuwenden. Auf diese Weise verbrachten wir noch eine dreiviertel Stunde auf der Terrasse, denn wir bekamen beide je eine Teekanne mit scheinbar unerschöpflichem Inhalt. Zum ersten Mal konnten wir uns in Ruhe unterhalten und – es war fast so wie ich es mir erträumt hatte. Ich fand ihn interessant, verstand mich gut mit ihm und verliebte mich noch etwas mehr, falls das überhaupt noch möglich war.

Als wir gezahlt hatten, musste ich den Tee auf der Peak-Toilette loswerden, dort checkte ich, ob ich eine Nachricht von Chan erhalten hatte. Wo steckte der nur? Immerhin sprach er ebenso fließend Mandarin wie Englisch, der kam hier nicht so schnell unter die Räder. Vielleicht war er mit der Chinesin in dem luftigen Sommerkleid verschwunden, die ihn so leidenschaftlich umarmt hatte. Die beiden kannten sich offensichtlich etwas genauer … Nein, um Chan brauchte ich mir wahrlich keine Sorgen zu machen. Als ich von der Toilette zurückkam, konnte Emil wieder meine komplette Aufmerksamkeit genießen.

„Die Warteschlange an der Peak Tram ist zum Glück ganz kurz. Ich habe es eben schnell gecheckt", teilte er mir mit.

„Wunderbar", log ich, denn von mir aus hätten wir hier oben noch Stunden zusammen verbringen können.

Zusammen mit anderen Touristen kletterten wir in einen der Tram-Wagen und landeten auf harten Holzbänken. Und dann ging es rückwärts den Berg hinunter … Die Welt wirkte schräg, perspektivisch schiefe Hochhäuser zogen an uns vorbei, die Leute quasselten aufgeregt in allen möglichen Sprachen, ich jauchzte vor Vergnügen, krallte mich in Emils Oberarm und er lächelte glücklich zurück! Leider dauerte der Spaß nicht länger als 5 Minuten …

CHAN

Die junge Frau im Sommerkleid nannte sich Li und nahm mich mit in ihr Hotelzimmer. Dass dies aus romantischen Erwägungen oder aber aus sexueller Lust geschah, konnte ich mir keine Sekunde lang vorstellen. Und richtig, wir wurden bereits erwartet. Von „Gordon", der feinstes Oxford-Englisch sprach und aussah wie eine Kopie von WikiLeaks-Gründer Julian Assange: Blass im Gesicht, der Körper lang und schmal.

Gordon war einer von der ungeduldigen Sorte. Ein Typ, der seiner Sprachfertigkeit zum Trotz nicht viel redete und erst recht nicht lange fackelte. Nachdem ich ihn darüber in Kenntnis gesetzt hatte, nichts Genaues über Emils Wasser-Projekt zu wissen, nahm Gordon mich in einen Zangengriff, der es mir unmöglich machte, mich zu bewegen. Er nickte Li zu, die eine Spritze aufzog und mir ein Serum in den Oberarm injizierte …

… Morgens, in den Bergen der Atacama-Wüste, treffen feuchte Nebelwälle auf riesige Netze aus gewobenen Polyethylen-Fasern. Wassertropfen verweilen an den Seilen. Ich war einer davon. Ich löste mich von dem Netz und plumpste in das Wasserreservoir, wo ich mich auflöste und

*mich im Meer mit den anderen Wassertröpfchen verei-
nigte. Es war aber nicht wie die Vereinigung mit einer Frau,
die lustvoll und zufriedenstellend ist, sondern ich spürte
wie ich meine Persönlichkeit verlor, … ich war nicht mehr
der, der ich eigentlich war. Ich wusste nicht mehr, zu wem
ich gehörte, ich war so gleich wie sich ein Mao Tse-tung
im vergangenen Jahrhundert das chinesische Volk in
blauen Einheits-Arbeitsbienenjacken gewünscht hatte
oder wie heutzutage der verrückte dicke Mann in Nordko-
rea dieses von seinen Untertanen erwartete.*

Wozu Individuum sein? …

ARIELLE

Emil und ich überquerten mit der Star Ferry den Victoria
Harbour und bummelten durch den Kowloon Park zum Hotel zurück. Das üppige Grün war zwar durch Anlagen in
Form gebannt, dennoch lag die Vermutung nahe, dass,
wenn man der Natur nur ihren freien Lauf ließe, bald ein
Urwald das Terrain überziehen würde. Womöglich würde
auch das Häusermeer mit der Zeit überwuchert werden,
denn die ungezähmte Natur war stark. Ich ließ Emil an
meinen Gedanken teilhaben, aber er lachte mich aus.

„Es ist wahrscheinlicher, dass der Mensch sich die Natur weiterhin untertan macht. Dächer und Fassaden werden mehr und mehr begrünt werden, aber kontrolliert. Alles
andere würde voraussetzen, dass es die Menschheit nicht
mehr gibt.“

„Aber wie lange noch? Womöglich rotten wir uns doch
selbst aus. All die Kriege auf der Welt, die Möglichkeit,
Atomwaffen zu zünden …“

„Meine Mutter war auch so eine umweltbewegte Pessimistin. Wahrscheinlich will ich ihr die ganze Zeit lang schon das Gegenteil beweisen."

„Du magst sie sehr, oder?" Es rührte mich, dass so ein großer, vernunftbeherrschter Mann zu solchen Gefühlen fähig war und es schürte meine romantische Hoffnung, er möge sich auch mir gegenüber …

„Sie ist gestorben, als ich elf war. Kein Krebs. Pech. Sie konnte der verschmutzten Umwelt nicht mal Schuld daran geben. Es war so albern! Sie hätte sich einfach nicht in den Porsche ihres neuen Freunds setzen dürfen …"

Oha! Wie bitter das klang. Bestimmt war Emil durch familiäre Erlebnisse schlimm geschädigt. Vielleicht rührten seine Probleme mit der Wahrnehmung weiblicher Reize von dieser traumatischen Erfahrung? Mein Herz schmolz ein Stückchen mehr. Lass dir helfen, liebster Emil … Ich blieb an einem kleinen Teich stehen, in dem rote, gelbe, orange, schwarze und in diesen Farben gemusterte Kois schwammen. Emil stellte sich neben mich.

Ich nahm seine Hand und er ließ diese Geste etwa einen Schmetterlingsflügelschlag zu.

„Tut mir leid", murmelte ich. „Und dein Vater?" versucht ich sanft nachzuhaken.

„Meine Mutter war alleinerziehend. Sie hat mir nie verraten, wer mein Erzeuger ist. Zum Glück wusste meine Tante Bescheid. Nach dem Tod meiner Mutter hat sie den Kontakt zu meinem Vater hergestellt und ich bin dann zu ihm gezogen …"

„Was für eine Umstellung! Ich meine, ihr kanntet euch doch gar nicht."

„Es hat super funktioniert. Mein Vater und ich sind uns sehr ähnlich. Es war für mich viel einfacher als mit meiner Mutter."

„Hatte dein Vater eine Familie gegründet?“

„Ich bin sein einziges Kind. Er hat hin und wieder eine Freundin. Die er damals hatte, verschwand drei Tage nach meinem Einzug aus seinem Leben.“

„Wie schön, dass er sich für dich entschieden hat ... Ich hätte das auch getan.“

Dann gingen wir schweigend ins Hotel. Es war mir klar, dass er meine Nähe nicht suchen würde. Ich sagte, ich hätte ganz schlimme Kopfschmerzen und müsste mich ein wenig hinlegen. Als ich in meinem Stockwerk angekommen war, klopfte ich an Chans Tür. Niemand reagierte. Ich versuchte ihn telefonisch zu erreichen, aber es sprang nur seine Mobilbox an.

„Chan, was ist los?“, sprach ich aufs Band. „Melde dich gefälligst sofort bei mir. Ich mache mir Sorgen!“

CHAN

Als ich wieder klar denken konnte, saß ich im oberen Bereich in einer der vielen doppelstöckigen „Ding Ding“, der Hongkonger Straßenbahnen, die der Küstenlinie im Norden von Hongkong Island folgend, rauf und runter fahren. Ob ich den Doppeldecker selbstständig bestiegen hatte? Ich konnte mich nicht erinnern.

Es war später Nachmittag. Mein Mund war trocken. Ich räusperte mich. Um mich herum saßen wenig verdächtig aussehende Menschen, Einheimische, die vielleicht dem Feierabend entgegenfuhren oder in die nächste Shopping Mall wollten. Touristen, die unermüdlich fotografierten, bis auch sie in einer der Shopping Malls verschwinden würden oder in einem der unzähligen Restaurants der Stadt. Ein tibetanischer Mönch in seinem rostfarbenen Gewand, der eifrig auf den Fotobutton seines Mobilgeräts drückte, fesselte einen Moment lang meine Aufmerksamkeit. Sicherlich tat er auch andere Dinge mit ähnlicher Inbrunst: Beten, essen, schlafen. Ich bewundere die Fähigkeit intensiv zu leben. In meiner Forschungsarbeit ist mir eine durchdringende, sorgfältige Herangehensweise selbstverständlich. Auf anderen Gebieten des Lebens aber fehlt mir oft eine gewisse Portion Enthusiasmus. Vielleicht nimmt mich daher die Glut, die mich erfasst, wenn Arielle in meiner Nähe ist, so besonders gefangen. In der Gegenwart dieser Frau fühle ich mich lebendig. Eine Weile lang dachte ich an sie. Dann beschäftigte ich mich wieder mit dem Geschehen auf der Straße. Wir fuhren an Auslagen mit getrockneten Meeresgetier, an westlichen Nobelgeschäften und an Garküchen vorbei. Mir wurde bewusst, wie hungrig ich war. Die Tram hielt in der Des Voeux Road. Ich stieg die steile, leicht geschwungene Treppe hinab und verließ die Tram.

Vor mir war eines der vielen Geschäfte mit getrockneten Meeresfrüchten. Seegurken, Abalone, … Der Geruch, der dem Zeugs entströmte, war gewöhnungsbedürftig: Streng. Muffig. Wie getrocknetes Tierfutter eben riechen kann. Ich ging ein paar Meter weiter. Der köstliche Duft nach gewürztem und gebratenem Fleisch stieg mir in die Nase. Er entströmte einem Imbiss mit einem Gastraum und einer zur Straße hin offenen, engen Garküche, in der zwei Köche hantierten. Einer von ihnen patschte mit seiner Pranke auf einen aus dem Wok gefischten Haufen dampfender Fleischstückchen und drückte das kross gebratene Fleisch auf einem Teller fest. Dann streute er etwas Koriander darauf. Es sah appetitlich aus. Umgehend wurde ihm der Teller vom Kellner, einem stämmigen Mann mit energischem Gesichtsausdruck, aus der Hand gerissen.

Ich trat ein.

„Komm mit", rief mir der Kellner zu. Er winkte mich an sechs vollbesetzten Tischchen vorbei zu einem Katzentisch mit zwei Hockern am Ende des Raumes, neben der Toilette.

„Ich nehme genau das, was der Kunde da eben bekommen hat", orderte ich. Er wischte mit einem Lappen, den er aus der Hosentasche zog über den Tisch. Ich glaubte nicht daran, dass er etwas gegen die sehr wahrscheinlich auf dem Resopal wimmelnden Bakterien unternommen hatte.

„Und einen grünen Tee!", rief ich ihm hinterher. Ich würde die Essstäbchen in dem heißen Getränk desinfizieren. Während ich wartete, lauschte ich den lärmenden Gesprächen an den Nebentischen. Eine wahre Kakophonie! Es waren ausschließlich Einheimische anwesend. Touristen trauten sich selten an solche Orte. Es dauerte nicht lange, da wurde mir Tee, ein Schüsselchen mit köstlicher Sauce, eine dampfende Schale Reis und einen Teller voll kross gebratener Schweinefleischstücke gebracht. Mir lief das Wasser im Munde zusammen. Eilig griff ich nach den Stäbchen und schaufelte mir das Essen in den Mund. Es schmeckte köstlich.

Als ich mich gestärkt hatte, fiel mir ein, ich könne mich bei Emil oder bei Arielle melden.

Auf meiner Mobilbox waren zehn Anrufe von Arielle eingegangen. Ich hörte mir den neuesten an. Sie klang kleinlaut, besorgt, flehte mich geradezu an, mich zu melden. Ich wollte es tun. Doch zuvor rief ich alle anderen Nachrichten auf. Es war so schön, ihre Stimme zu hören. Anfangs hatte Arielle noch recht beherrscht geklungen. Sachlich. Dann wütend, schäumend geradezu. Zum Schluss lag diese entzückende, herzerwärmende Besorgnis in ihrer Stimme.

Vielleicht liebte sie mich doch? Ein warmes Gefühl durchströmte mich. Arielle, du kleine Meerjungfrau, du zartes wunderschönes Wesen ...

„Willst du noch was?" Der Kellner scheuchte mich hoch. In China ist es nicht üblich, stundenlang ohne zu Essen in Restaurants zu verweilen. Man isst, und dann geht man. Dann hat der nächste Hungrige die Chance auf deinen Platz. Und die Geschäftsleute verdienen mehr, wenn so viele Gäste wie möglich zu Tisch sitzen. Ist doch logisch. Und verständlich.

Also zahlte ich. Der Betrag war lächerlich gering.

„Wenn du mir in einer bestimmten Sache behilflich sein könntest, ...", sagte ich und zauberte die Hälfte eines 100 US-Dollar-Schein hervor, den ich für solche Fälle immer bei mir trug.

Ich hatte den Kellner vollkommen richtig eingeschätzt, er zeigte sich zufrieden, einem Touristen wie mir eine besondere Ecke der Stadt zu empfehlen, die ich unbedingt aufsuchen sollte, um ans Ziel meiner Wünsche zu gelangen. Er würde seinen Sohn ebenfalls dorthin schicken, damit ich nach der Befriedigung meines Wunsches die andere Hälfte des Geldscheins an der richtigen Adresse loswürde.

„Abgemacht", sagte ich und verließ mit vollem Bauch den kleinen Imbiss.

Draußen auf der Straße wählte ich Arielles Nummer.

„Chan!", brüllte das zarte Wesen ins Telefon. „Was ist los? Verdammt, warum meldest du dich nicht?"

ARIELLE

Ich zweifelte nicht einen Moment lang an dem, was Chan mir erzählte. Bis auf die Nuancen. Oder soll ich besser sagen, ich glaubte ihm alles, bis auf die reine Zufälligkeit, die er dem Ereignis zuschrieb. Ich nehme an, er war mit der niedlichen Chinesin locker verabredet gewesen. Daher seine Zähigkeit, den Ausflug zu unternehmen und uns ins „Peak Look Out" zu führen. Warum wir unbedingt dabei sein mussten? Vielleicht wollte er seiner alten Flamme zeigen, dass er sich auch ohne sie zu beschäftigen gewusst hätte. So ungestüm wie die Frau auf ihn losgegangen war, war Chan möglicherweise eine echte Bombe als Liebhaber.

Ich gebe zu, mein Blick auf ihn veränderte sich.

Gemeinsam überlegten wir hin und her, was der seltsame Auftritt des Affen zu bedeuten gehabt hatte.

„Ist Emils Computer wieder aufgetaucht?", fragte mich Chan. Ich verneinte es.

„Was macht Emil jetzt?", wollte er schließlich wissen.

„Ich nehme an, er arbeitet auf seinem Zimmer. Mir geht es nicht so gut, ich habe einen Brummschädel", flunkerte ich.

„Hast du gegessen?", fragt er fürsorglich. Obwohl ich dies nett fand, befürchtete ich plötzlich, mich im Restaurant mit Chan treffen zu müssen. Der Gedanke, er habe gerade mit der Chinesin ausufernden Sex gehabt und ich sei nun eine aufregende Gesprächspartnerin für einen Mann, an dem der Duft einer anderen noch haftete, schreckte mich ab.

„Habe keinen Hunger", log ich, dabei hatte ich erst vor etwa fünf Minuten einen wunderbaren Hamburger nach Art des Hauses mit einer extragroßen Portion Pommes beim Zimmer-Service geordert.

„Ich schlafe mich einfach aus und dann bin ich beim Frühstück morgen wieder ganz die Alte", sagte ich optimistisch.

„Ich bin auch hundemüde", erwiderte Chan.

Das klang nach echter vollbrachter Anstrengung, fand ich.

CHAN

Als ich über den Hotelflur zu meinem Zimmer ging, beobachtete ich zufällig, wie der Mann vom Room-Service ein Tablett mit einem Teller unter einer gläsernen Haube bei Arielle ablieferte. Ich blieb außer Sichtweite stehen, damit ich Arielle nicht in eine kompromittierende Lage brachte. Normalerweise hätte es mir großen Spaß gebracht, sie auflaufen zu lassen mit ihrer kleinen Flunkerei, sie habe keinen Hunger. Aber dann dachte ich daran, wie sehr ich sie belogen hatte. Ich gab meinen ursprünglichen Plan, mich in meinem Zimmer etwas auszuruhen auf, und fuhr mit dem Fahrstuhl in den 27. Stock, um Emil einen Besuch abzustatten.

Ich hatte Glück. Emil reagierte auf mein Klopfzeichen. Die Zimmertür flog auf. „Gordon!" – schon wieder. Ehe ich mich versah, packte Gordon mich an der Schulter und zog mich hinein. Der Klimaanlage entströmten arktische Temperaturen. Auf dem Bett lag Emil mit glasigem Blick. Er plapperte im Delirium: „Mama, setz dich nicht in den Porsche! Bleib bei mir. In der Schule machen wir heute die Chemie-Show, und alle Eltern kommen, um ihren Kindern dabei zuzusehen, nur du nicht. Ich werde mit Wasserstoff experimentieren. Außerdem reinigen wir schmutziges Wasser mit … und dann haben wir Trinkwasser und dann …" Den Rest vernuschelte er.

„Habt ihr ihm auch das Zeugs injiziert?", fragte ich die unvermeidliche Li, mit der ich – wenn ich meiner eigenen Erzählung Glauben geschenkt hätte – vor einigen Stunden heißen Sex gehabt hatte. Sie saß relativ dekorativ in der Ecke im Sessel – auf dem gleichen moosgrünen Modell, das auch in meinem Zimmer stand – und mixte ein Getränk zusammen.

Ihre Kommunikation war bereits bei der ersten Begegnung karg gewesen, obwohl sie beide fließend Mandarin beherrschten. Dieses Mal zog sie statt zu antworten eine Augenbraue nach oben, was arrogant wirkte. Dann stand sie auf, um mit dem Glas zu Emil zu stolzieren. Gordon verhalf Emil in die Sitzposition, was dieser mit sich geschehen ließ.

„Come on, drink", gurrte die Frau und Emil nahm einen Schluck, doch dann haute er Li mit einer herrischen Geste das Glas aus der Hand und spuckte das Getränk wieder aus. Ich nutzte das Überraschungsmoment, um den Revolver zu ziehen, den ich nach dem Essen illegal in einer Zierfischhandlung in Mong Kok erworben hatte.

„Raus hier", herrschte ich Li und Gordon an. „Wenn uns beiden irgendetwas passiert, wird euer Chef sehr böse mit euch werden. Wir sind die Goldjungs, wisst ihr."

Mir war natürlich bewusst, dass sowohl die Chinesin als auch Gordon in der Lage gewesen wären, ihm den Revolver abzujagen. Aber in solchen Fällen muss man mit den Leuten wie mit wütenden Hunden umgehen. Man darf keine Angst zeigen. Es funktionierte tatsächlich. Die Frau und Gordon räumten das Feld. Ich hatte etwas Zeit geschunden. Mehr nicht. Jetzt war es wichtig, den taumeligen Emil so schnell wie möglich aus Hongkong wegzuschaffen. Mit meinem Smartphone unterzog ich das Internet einer Recherche über Verkehrswege aus Hongkong.

Es brauchte zwei Anrufe, um die Sache klar zu machen.

„Emil und ich. Nur wir zwei?" Was Chan mir gerade telefonisch vorschlug, klang nach einem gewaltigen Schritt in die richtige Richtung auf meinem Weg zum persönlichen Glück

„Balkonkabine für sieben Tage Kreuzfahrt bis Singapur. Einchecken ab 11 Uhr vormittags möglich. Ablegen um 17 Uhr."

„Warum das Ganze? Ich denke, wir haben morgen den Termin mit unserem Auftraggeber …"

„Frag nicht so viel! Das ist besser", sagte Chan. „Und packe deine Sachen sofort. Wir müssen die Location wechseln, bis ihr aufs Schiff könnt."

Ich lag im Pyjama im Bett und las gerade „Im Schatten des Krans" von Jürgen Rath. Mein Faible für Kriminalliteratur ist legendär. Diese Leidenschaft harmoniert nicht unbedingt mit meiner eher hasenfüßigen Natur, aber vermutlich kompensiere ich damit etwas. Und meinen Freunden fallen immer wieder Neckereien ein. „Arielle, wie viele wurden diese Woche wieder literarisch abgemurkst?" Wenn mir ein Schauer über den Rücken fährt, weil der sympathische Romanheld von einem Schlamassel in den nächsten gerät und es sogar blutrünstig zur Sache geht – diese Stellen überspringe ich gerne mal –, dann freue ich mich umso mehr über mein eigenes geordnetes, sicheres Leben.

„Komme so schnell wie möglich hierher. Zu Emil in den 27. Stock. Ich brauche dringend deine Hilfe. Nicht trödeln!"

Wenn ich ehrlich bin, sträubte sich alles in mir, mich auf so eine obskure ad-hoc-Aktion einzulassen. Ich hatte die Vorhänge in meinem Zimmer nicht zugezogen, damit ich das Lichtermeer Hongkongs von meinem Bett aus genießen konnte. Die Skyline war wirklich beeindruckend, tausendfach funkelnd. Ein leichter Nebel hing in der Luft und ließ die Lichter diffus wirken. Hätte ich einen Kriminalroman verfasst, ich hätte so eine Nacht und so eine Szenerie gewählt, um ein Abenteuer beginnen zu lassen.

Normalerweise hätte ich lange gezaudert, aus dem Bett zu springen und meine Sachen in Windeseile zusammen zu packen, aber, wie Chan angedeutet hatte, war Emil in Gefahr. Wie also hätte ich meine Hilfe verweigern können?

CHAN

Zum Glück zickte Arielle nicht rum. Was für eine tolle Frau sie doch war, dachte ich. Sie machte mich stärker, als ich es je für möglich gehalten hätte. Ich zwang mich, meine Gedanken auf das zu lenken, was nun zu tun war.

Meine Eltern stammten aus Hongkong, ich hatte noch immer zahlreiche Verwandte in der Stadt. Wenn ich denen rechtzeitig Mitteilung über meine Geschäftsreise gemacht hätte, wäre ich vor lauter Einladungen – eine Ablehnung wäre einer Beleidigung gleichgekommen – nicht zum Arbeiten gekommen. Aber nun lagen die Dinge anders. Jetzt konnte ich es mir nicht mehr leisten, verwandtentechnisch inkognito in Hongkong zu weilen.

Ich rief Onkel Cho an. Er war Geschäftsmann, wie sein Vater und lebte dort, wo es sich nicht jedermann leisten konnte zu leben. Onkel Cho war der einzige seiner männlichen Verwandten, der niemals geheiratet hatte. Es wurde gemunkelt, er mache sich nichts aus Frauen. So viel ich wusste, lebte er allein in einer für Hongkongern Verhältnisse großen Wohnung. Das war ideal.

Trotz meines Anrufs zur relativ späten Stunde – es war ungefähr halb elf – zeigte sich Onkel Cho nicht unerfreut, dafür war er ein viel zu höflicher Mensch.

Großzügig lud er mich und meine Freunde für sofort ein. Er trüge zwar einen seidenen Morgenrock – wenn dies nicht störe … Er betonte, der Besuch sei ihm eine Ehre. Schließlich müsse die Familie zusammenhalten und meine Freunde seien auch die seinen. Insofern erfüllte das intakte Verwandtennetz seinen sozialen Zweck. Mit einer großen, über alle Kontinente verteilten Familie muss sich niemand jemals einsam fühlen. Und man muss sich nicht einmal mögen, um die Hilfe in Anspruch zu nehmen, denn allein die Verbindung des Blutes zählte. Ich selbst hatte in den vergangenen Jahren auch immer wieder meine Hamburger Wohnung für Verwandtenbesuche zur Verfügung gestellt. Zweimal war ich sogar vorübergehend bei mir ausgezogen, weil es mir in den eigenen vier Wänden zu eng geworden war … Jetzt aber war ich an der Reihe, einen Vorteil zu ziehen.

Das Serum, das Gordon und Li erst mir, dann Emil gespritzt hatten, wirkte glücklicherweise nicht sehr lange. Zumindest war Emil soweit transportfähig, dass man ihn nicht tragen musste. Emil verstand, dass er ihnen jetzt folgen musste. Er war wie ein Betrunkener, der noch nicht völlig wieder klar ist, jedoch einfache Anweisungen umsetzen kann. Scheinbar hatte Emil ebenso wie ich nichts über das Wasserprojekt verraten. Kurioserweise hatten sie beide das Thema Wassergewinnung mit anderen Erinnerungen oder Visionen verknüpft. Meiner Meinung nach war das Serum verbesserungswürdig. Vielleicht sollten die mal einen richtig guten Chemiker dran lassen, dachte ich und lachte still in mich hinein.

Chan hatte alles sehr gut vorbereitet. Er hatte bereits aus dem Hotel ausgecheckt und ein Taxi brachte uns zum Knotenpunkt Tsim Sha Tsui. Dort nahmen wir die Tuen Ma Line Richtung Norden und stiegen irgendwann wiederum in ein Taxi, das uns zu Onkel Cho brachte. Auf dem Weg dorthin fasste Chan die kuriosen Ereignisse für mich zusammen. Ich konnte die Geschichte kaum glauben.

„Also doch kein feuriges Schäferstündchen mit der jungen Chinesin?", fragte ich.

„Erleichtert?" Chan grinste.

„Wieso sollte ich?", ich schüttelte den Kopf über seine lächerliche Bemerkung. „Die wollen also an eure Forschung zum Wasserprojekt herankommen. Wer könnte denn dahinterstecken?"

„Entweder unsere Hongkonger Auftraggeber, die ohne zu bezahlen an die Info kommen wollen. Oder eine andere Interessentengruppe oder aber jemand von der Konkurrenz. Ich weiß es leider auch nicht. Du etwa, Emil? Hast du eine Ahnung?"

Emil rülpste nur, was ich, wenn ich ehrlich bin, nicht besonders passend fand. Aber ich konnte darüber hinwegsehen, denn er befand sich in einem eigentümlichen Zustand. Immerhin war seine Motorik in Ordnung, das konnte ich daran erkennen, dass er mir im Schutz der Dunkelheit auf der hinteren Bank plötzlich seine Hand auf mein Knie legte, das selbige koste, und dann die Finger unter meinen Rock schob. Unglaublich! Was für ein Zeug hatten die dem denn gespritzt? Irgendwas mit Viagra, vielleicht. Ich schob seine Hand weg. Wenn er bei vollem Bewusstsein ähnliche Chuzpe an den Tag legte, würde ich mich gerne in seine Hände begeben. Aber so? Dann stoppte das Taxi vor einem gesichtslosen Hochhaus. Wir stiegen aus.

Es war spannend, Chans Onkel Cho kennenzulernen. Er erinnerte mich an eine asiatische Version Karl Lagerfelds. Vielleicht lag es an dem Haarzöpfchen, das ölig glänzend und keck von seinem Hinterkopf abstand. Oder an der überkandidelt großen Brille, die Onkel Chan trug. Oder an dem imposanten seidenen Morgenrock, mit den riesigen weißen Kakadus auf schwarzem Grund, in dem er uns empfing.

Emils Sonnenbrillenlook vom Vormittag war kein bloßer Spleen von ihm gewesen, wie ich erschrocken feststellte. Ein unschönes Veilchen umrahmte sein linkes Auge. „Mein Gott, wer hat dich bloß so misshandelt?", wollte ich von ihm wissen.

„Das waren die Typen, die ihm das Serum gespritzt haben", antwortete Chan statt seiner, während Emil mich aus glasigen Augen anschaute, als würde er mich zum ersten Mal in seinem Leben sehen.

Na, vielleicht war es tatsächlich so. Bisher hatte ich mich ja eher weniger bis gar nicht von ihm wahrgenommen gefühlt. Wenn ich ehrlich bin, gefiel mir der angeschickert wirkende Emil sogar ein wenig besser als der „Normale".

Onkel Chans Wohnung war exquisit eingerichtet. Überall standen geschmackvolle Bronzen und Vasen, die der Ming-Dynastie hätten entstammen können, herum. Auf dem Boden lagen hellblaue Seidenteppiche, die nicht zum betreten gedacht schienen, denn sowohl Onkel Cho als auch Chan liefen außen drum herum. Diese Marotte erinnerte mich an das Gehabe meiner Oma, die ihr Parkett so lange geschont hatte, indem sie semi-geschmackvolle Brücken und Läufer darüber verteilte, bis sie schließlich starb ohne das Parkett außer bei der Grundreinigung betreten zu haben. Der Käufer ihres Häuschens konnte sich über den sehr gut erhalten, 60 Jahre alten Bodenbelag freuen …

Im Esszimmer, in das uns der Gastgeber führte, faszinierte mich ein dunkelrot lackierter, chinesischer Hochzeitsschrank mit Messinggriff, auf dessen Oberfläche verschieden große Vasen im Ming-Stil dekorativ verteilt worden waren.

„How beautiful!", rief ich begeistert aus.

Onkel Cho zwinkerte erst Chan zu und lachte dann meckernd. Chan warf mir einen Blick zu, als wolle er mich auf der Stelle auffressen. Stellte er sich etwa unsere imaginäre Hochzeitsnacht vor?

Ich zupfte Emil am Ärmel. „Ich glaube, es gibt Suppe …"

Auf dem zedernhölzernen Esstisch prunkte eine Suppenterrine mit goldenem Löwenköpfchen als Deckelöffner. Onkel Cho machte eine einladende Geste, am Tisch Platz zu nehmen.

Die Suppe schmeckte kräftig und gut. Hilfsmaterialien beim Essen waren Stäbchen, ein kurzer breiter Porzellanlöffel und – zum Glück – auch eine Serviette.

„Das ist eine Lanzhou Nudelsuppe mit Rindfleisch", erklärte Chan und ließ die langen Nudeln in einem Affentempo in seinen Mund gleiten – genau genommen schlürfte er die Nudeln und es machte Geräusche, genauso wie bei Onkel Cho.

„Auf diese Weise verbindet sich der Geschmack der Suppe mit den Nudeln im Gaumen am besten", erklärte Chan grinsend. „Versuch es doch auch mal."

Es wurde ein lustiger Abend, schmatzend und essend. Jeder konnte sich nach Herzenslust von den verschiedenen auf Wärmeplatten geparkten Speisen bedienen. Onkel Cho hatte nicht selbst in der Küche gestanden, sondern den Lieferservice eines Restaurants in Anspruch genommen. Die Suppe machte den Auftakt zu einem abwechslungsreichen Mahl: Es gab Entenzungen zum Knabbern; Seegurken, die wie Chan sagte eine teure Delikatesse sind, wurden offeriert. Das geschmorte Huhn mit Kastanien schmeckte mir ausgezeichnet ebenso wie das Lazi Ji, das „Spicy chicken" mit Chili-Schoten, die den Mund in ein Feuerinferno verwandelten oder die leckeren Xinjiang Lammspieße. Alle Speisen, auch die in Öl frittierten, kandierten Äpfel, wurden gleichzeitig auf den Tisch gestellt.

Dazu tranken wir Jasmin-Tee, bis Onkel Cho schließlich mit einigen Flaschen Tiger-Beer und Reisschnaps auftauchte. Wir wurden noch lustiger ... Insofern störte es mich wenig, als Onkel Cho uns das Gästezimmer zeigte. Ein frisch bezogen aussehendes Einzelbett stand in dem Raum, auf dessen Fußboden zwei Matten mit Wolldecken und Sofakissen lagen.

„Tja. Dann ist die Sache wohl klar", sagte ich, und warf mich aufs Bett.

CHAN

Ich lag zwischen Arielle und Emil, wobei Arielle in dem Bett ungefähr 50 cm neben mir schwebte, als sei sie auf einer Anhöhe und ich unten im Tal. Sie schlief sehr schnell ein, während ich nicht zur Ruhe kam. Irgendwann, als Emil neben mir schnarchte, hielt ich es nicht mehr aus: Ich schlüpfte unter Arielles Decke. Sie hatte mir ihren Rücken zugedreht, ich spürte ihren Po. Ihr warmer Körper roch zart und verlockend, ich fühlte mich dem Paradies sehr nahe. Sie schien nichts zu merken, so fest wie sie schlief, also blieb ich.

ARIELLE

Ich hatte sehr wohl bemerkt, dass jemand unter meine Decke gekrochen war. Ich hoffte, es war Emil, aber ich traute mir in meinem momentan aufgewühlten Gefühlszustand nicht zu, die Gewissheit zu verkraften. Merkwürdigerweise tat es mir einfach wohl, die Wärme eines anderen Körpers in meiner Nähe zu spüren. Und wenn ich ehrlich mit mir war, hatte ich auch nicht mehr viel gegen Chan einzuwenden. Außer, dass er nicht Emil war. Also ließ ich es geschehen und schlief endlich ein.

CHAN

Es war das das zweite Mal seit unserem Flug nach Hongkong, dass ich mit Arielles Kopf an meiner Schulter gelehnt, aufwachte. Ihr Haar duftete sanft nach Frühling und Schweiß. Glück durchflutete mich, als ich ihr sanft eine blonde Strähne aus dem Gesicht strich. Dann legte sich ein Schatten auf sie.

Emil stand aufrecht neben dem Bett und hatte sich über mich und Arielle gebeugt: „Was soll das hier werden?", flüsterte er mit düsterer Miene.

Ich schälte mich aus der Decke, was Arielle, deren Schlaf nicht mehr so fest war, bemerkte. Sie schlug die Augen auf. „Was ist los?" fragte sie überrascht, während ich aus dem Bett stieg.

„Emil ist scheinbar wieder bei Sinnen, oder?" Ich klopfte ihm jovial auf die Schulter.

„Genau. Setzt mich mal auf den neuesten Stand: Ihr zwei macht also miteinander rum?" Emil rieb sich die Stirn.

Ich grinste vielsagend, während Arielle ein entsetztes „Oh, nein!" entfuhr, was mir einen Stich gab.

„Jedenfalls haben wir jetzt ganz andere Sorgen", lenkte ich vom Thema ab. „Irgendjemand ist hinter unserem Programm her. Zwei Typen, ein vermeintlicher Engländer namens Gordon und eine vermeintliche Chinesin namens Li, haben uns beide zu verschiedenen Zeiten und unabhängig voneinander gestern unter eine Wahrheitsdroge gesetzt, die scheinbar nicht viel taugt."

„Woher sollen wir wissen, dass du nichts verraten hast, Chan?", fragte Arielle. Ihr Misstrauen versetzte mir einen erneuten Stich.

„Ganz einfach*. Die wären nicht auf Emil zurückgekommen, wenn sie von mir etwas Entscheidendes erfahren hätten …"

„Wer sind die? Habt ihr nicht irgendeine Idee?", investigierte Arielle weiter.

„Ich treffe mich jedenfalls heute Nachmittag zusammen mit Onkel Cho mit Wang …"

„Wieso denn Onkel Cho?", Arielle riss ihre wunderschönen blaugrünen Augen weit auf.

„Weil er ein pfiffiges Kerlchen ist und gute Verbindungen hier in Hongkong unterhält. Er ist so was wie eine Lebensversicherung für mich …"

„Hongkonger Mafia?", fragte Emil respektvoll.

Ich ging nicht darauf ein. Wer zu viel weiß, ist eher tot. „Ihr sollt dann jedenfalls an Bord der Celebrity sein – Boarding ab 11 Uhr vormittags", ich schaute auf meine Armbanduhr, „also in zwei Stunden. Ihr legt um 18 Uhr ab."

ARIELLE

Onkel Cho setzte Emil und mich an der nächsten MTR-Station ab. Von dort aus fuhren wir drei Stationen und nahmen dann ein Taxi bis zum Fähr-Terminal. Die „Celebrity" war ein stolzes weißes Schiff der Superlative. Drei Swimmingpools, eine Eislaufbahn, Restaurants … Ich hatte noch nie eine Kreuzfahrt unternommen, aber ich freute mich darauf. Besonders, weil Emil mein Begleiter sein würde. Ich wusste, es handelte sich um eine Kabine für zwei. Was hätte mir Besseres passieren können, abgesehen von der potenziellen Bedrohung durch böse Menschen, die einzigartig fähigen jungen Wissenschaftlern ihr Wissen abjagen wollten?

Wir stiegen aus und reihten uns in die Schlange der Wartenden ein, die auf dem 3000 Passagiere fassenden Ozeanriesen einchecken wollten. Nach zehn Minuten griff sich Emil seinen Koffer und drehte um.

„Komm mit", kommandierte er.

Ich protestierte. „Wir haben doch schon fast zwanzig Meter in der Warteschlange geschafft und ich muss ganz bestimmt nicht gleichzeitig mit dir auf Toilette!"

Es war das erste Mal, dass er sich mir bei vollem Bewusstsein freiwillig näherte. Er packte mich am Ärmel und raunte mir ins Ohr: „Wir haben unseren eigenen Plan! Wenn du mir auch nur ein bisschen Vertrauen schenkst, dann tu, was ich dir sage."

Ich schluckte. Dann befeuchtete ich mir nervös die Lippen: „Was bekomme ich dafür?"

Ein romantischer Mann, ein in mich verknallter Mann, ein wollüstiger Mann hätte eine passende Antwort gefunden, die mich befriedigt hätte. Aber Emil war ein Nerd.

„Einen Langstreckenflug. Economy-Class", er rückte wieder von mir ab.

„Klar, vertraue ich dir." Ich seufzte und schnappte nach meinem Koffer, den ich nicht – wie Emil – tragen, sondern rollen würde. Wozu hatte das Ding auch sonst diese praktischen vier kleinen Räder?

*

Wir hatten zwei Tickets mit Singapore Airlines nach London ergattert. Morgens um 6 Uhr landeten wir in Heathrow.
Von dort nahmen wir den Fernreisebus, der durch den
Tunnel nach Brüssel fuhr. In Brüssel setzen wir uns in den
Zug nach Paris. Am Gare du Nord nahmen wir ein Taxi bis
zur Metro-Station Belleville, von dort waren es drei Stationen bis zu unserem Ziel am Place de Fêtes. Emil hatte
mich darüber informiert, dass wir dort in einem Appartement unterkommen würden, dessen absolut vertrauensvollen Besitzer er sehr gut kannte.

An der recht unpersönlich wirkenden Tür aus Stahl und
Glas eines Mehrfamilienhauses aus den 1970er Jahren,
gab Emil einen Zahlencode ein und schloss dann die Tür
auf. Wir quetschten uns mit unserem Gepäck in einen sehr
engen Fahrstuhl und fuhren in den 4. Stock. Von einem
schmalen dunklen Flur, der mit einer hässlichen, angeschmutzten Rauhfaser tapeziert war, gingen drei Wohnungen ab. Emil öffnete eine der Türen und sofort wurden wir
in eine völlig andere Welt katapultiert. Eine helle freundliche Wohnung mit Balkon empfing uns. Beim Blick aus dem
Küchenfenster entdeckte ich in einiger Entfernung den Eiffelturm.

"Très chic", sagte ich und sank dankbar an Emils
Brust – ohne groß darüber nachzudenken. Ich merkte, wie
er die Nase in mein Haar drückte. Mein Herz klopfte.

„Deine Haare riechen ein bisschen verschwitzt, willst du
duschen?"

„Ich habe Riesenhunger."

Er nickte. „Geh schon mal unter die Dusche, um den Rest kümmere ich mich."

Es war so, dass ich mich noch etwas mehr in ihn verliebt hatte, auf unserer gemeinsamen Reise – wenn das überhaupt möglich gewesen war. Er war so umsichtig, so Gentleman-like, so …

*

Nach der erfrischenden Dusche, erkundete ich nur mit einem Handtuch bekleidet, die Wohnung. Emil war tatsächlich unterwegs. Dann legte ich mich auf das Bett, ein weißes Doppelbett.

Als ich aufwachte, saß Emil auf der Bettkante und sah mich lächelnd an.

„Wir können essen", sagte er.

CHAN

Ich wusste nicht genau, ob die Sache wegen oder trotz Onkel Cho immer noch im Argen lag. Wer waren die Hintermänner von dem obskuren Gordon und der kühlen Li? Onkel Cho behauptete, seine Verbindungen ausgereizt zu haben, aber das Ergebnis blieb verwaschen. Wahrscheinlich waren chinesische Investoren an Emils Forschungen interessiert, vielleicht aber wollte die chinesische Politik die Bemühungen der Hongkonger unabhängig von der chinesischen Wasserversorgung zu werden, torpedieren. Ich wurde das Gefühl nicht los, dass mir mehr als das geplante Schmierentheater geboten worden war. Ich blieb noch zwei Tage in Hongkong, ohne nochmals belästigt zu werden und verließ dann ungehindert die Stadt mit dem Flugzeug in Richtung Frankfurt.

Emils Kurznachrichten, die ich sehr sporadisch erhielt, waren im typisch knappen, sachlichen Emil-Stil verfasst. Arielle schrieb nie. Ich war glühend eifersüchtig und malte mir laue tropische Nächte an Bord der Celebrity aus. Voller Romantik. (Leidenschaft konnte er sich bei Emil nicht vorstellen). Ich selbst schrieb zurück, dass ich leider nichts Gravierendes herausbekommen habe und sie beide wohlbehalten in Hamburg zurück erwartete.

ARIELLE

Inzwischen war es dunkel geworden. Emil hatte an dem kleinen Küchentisch für zwei gedeckt. In der Ferne glänzte und funkelte der Eiffelturm mit seiner Las-Vegas-mäßigen Lichter-Show.

„Setz dich hin, bin gleich soweit." Emil holte etwas aus dem Kühlschrank.

„Wir fangen mit Austern an!" Er zog sich eine Schürze und einen Stahlhandschuh an und reinigte die Austern mit einer Bürste. Dann nahm er ein sehr scharfes Messer aus der Schublade, mit dem er den riesigen Muscheln zu Leibe rückte.

„Ich habe noch nie Austern gegessen. Die leben doch noch, wenn man sie runterschluckt, oder?" Der Gedanke daran war mir nicht gerade angenehm, aber so subtile Gefühle wurden von Emils Radar überhaupt nicht aufgefangen. Er stellte eine große weiße Platte, garniert mit Austernhälften und Zitronenachteln zwischen uns auf den Tisch. In die Gläser füllte er Champagner.

„Du machst es genau wie ich." Emil quetschte etwas Zitronensaft über das glasige, glibberige Innere, führte die Muschel zum Mund und schlürfte die Delikatesse genüsslich aus. Ich gab mir einen Ruck und folgte seinem Beispiel.

„Erstaunlich!"

„Köstlich, nicht wahr?"

„Es hat was."

Wir griffen uns beide eine weitere Hälfte.

Abgesehen von dem wirklich angenehmen, zart-meeresfrischen Geschmack, fand ich es unheimlich sinnlich, wie Emil aß. Austern schlürfend beobachteten wir uns gegenseitig, wobei mir auffiel, dass Emils Blick auf meinem Dekolleté verweilte.

Austern wird eine aphrodisierende Wirkung zugeschrieben. Nach meiner ersten Erfahrung mit diesem speziellen Nahrungsmittel, kann ich dem nur zustimmen. Wir schafften es nicht mehr bis zur Hauptmahlzeit. Emil nah meine Hand und führte mich in Richtung Schlafzimmer …

Es folgten unbeschwerte Tage in Paris. Emil war plötzlich völlig auf mich fixiert. Er genoss meine Zärtlichkeit wie ein ausgehungertes Kind. Sexuell wirkte er nicht besonders erfahren, aber sein Körper gefiel mir. Er war muskulös ohne das Zuviel Fitnessstudio-gestählter Hantelsüchtiger zu besitzen. Wir verbrachten viel Zeit im Bett, ließen unsere Handys unberührt, sahen kein Fernsehen, hörten kein Radio. Die Welt blieb draußen. Der Kühlschrank war bis oben gefüllt.

CHAN

Mein Chef hatte mich ursprünglich gebeten, die ganze Story aufzuziehen. Das Spektakel, das ich veranstaltete, ging allerdings über das hinaus, was er sich vorgestellt hatte. Aber in solchen Fällen konnte ich mich einfach nicht bremsen, dann gingen meine Agenten-Film-Fantasien mit mir durch. Und wenn ich an die schöne Arielle dachte, die in jedem einzelnen James-Bond-Film seit 1962 das aufregendste und schönste Bond-Girl gewesen wäre, dann war der ganze Budenzauber ihrer sehr wohl würdig gewesen.

Onkel Cho hatte ich von Anfang an eingeweiht. Onkel Cho war es gewesen, der „Jussi“, den Affen, besorgt hatte. Ebenfalls auf der Besetzungsliste gelandet waren Samantha alias „Li“, seine persönliche Assistentin, und George alias „Gordon“, ein alter Freund von Onkel Cho. Ein waschechter Oxford-Absolvent, der während seiner Studienjahre begeisterter Laientheaterschauspieler gewesen war. Sowohl er als auch Samantha hatten auf Pseudonymen für das kleine Schmierentheater bestanden.

Wieder einmal machte sich das weltweite Netz aus Verwandten für mich bezahlt. Es war mir klar, dass ich meine Hamburger Wohnung in nächster Zeit dem einen oder anderen von ihnen als Herberge anbieten musste, beziehungsweise, dass es mir eine Ehre sein würde, als Gastgeber zu fungieren. Eigentlich liebte ich diese Art der Vernetzung sehr, es machte die Welt in gewisser Weise übersichtlicher, wärmer, weniger bedrohlich. Ich glaubte, viele Menschen beneideten Familien wie die unsere um den verwandtschaftlichen Zusammenhalt.

Emil beispielsweise war ein Einzelkind, seine beiden Eltern waren es auch schon gewesen. Sowohl alle Großelternteile als auch seine Mutter waren verstorben. Er stand ziemlich allein da, abgesehen von dem Vater und dessen neuer Familie, die er nie besuchte, und ein paar wenigen Freunden.

Wie es bei Arielle bestellt war, hatte ich bisher noch nicht herausbekommen. Sie blockte persönliche Gespräche meistens ab. Wer weiß, vielleicht erzählte sie nun Emil ihre gesamte Familienchronik. Zeit genug dürften sie ja nun haben auf ihrer siebentägigen gemeinsamen Kreuzfahrt. Die Entscheidung, ein Doppelzimmer für beide zu buchen, war mir schwergefallen. Aber ich hatte keine Wahl gehabt, es war nur noch eine Balkonkabine übrig gewesen … Es war unwahrscheinlich, dass der Boss eine Vorstellung davon hatte, was ich für ihn aufgegeben hatte. Arielle, meine kleine Meerjungfrau, schipperte nun mit meinem Konkurrenten auf dem Südchinesischen Meer. Allerdings hoffte ich noch immer, dass Emil nichts von ihr wollte. Emil war zwar nicht schwul, dafür legte ich meine Hand ins Feuer, aber war er überhaupt etwas anderes als ein Wissenschaftler?

Als ich Emil und Arielle an Bord der Celebrity wähnte, traf ich meinen Chef Rasmus Wrem …

ARIELLE

Nach drei Tagen purer Zweisamkeit verließen wir händchenhaltend das Haus und mäanderten verliebt durch das Viertel. Belleville ist ein sehr charmanter Stadtteil, ein ehemaliges Arbeiterviertel auf einem Hügel gelegen, ähnlich wie Montmartre mit steil ansteigenden Straßen. In den Schaufensterauslagen kleiner Feinkostläden und Bäckereien lachten uns kulinarische Kunstwerke an: Torteletts mit Himbeeren auf heller Creme, gefüllte Eclairs, farbenfrohe Macarons ...

„Auf dem Rückweg schlagen wir aber zu!", freute ich mich.

Emil war ganz meiner Meinung. Ich hatte festgestellt, dass er zum Glück doch kein Pillenfanatiker war, sondern ein Mann, der gutes Essen zu schätzen wusste und nebenbei auch noch außergewöhnlich gut kochte.

„Hier entlang." Emil zog mich weiter.

Auf einmal waren wir abseits der quirligen Straßen in einem Park gelandet. Was für ein Park! Vor allen Dingen ältere Menschen saßen von hunderten Tauben umschwärmt auf Parkbänken und fütterten das Vogelvolk. Rosen dufteten betörend. Aber ganz und gar hinreißend war der Blick, der sich uns bot. Paris lag zu unseren Füßen. Das Panorama erinnerte mich an den Ausblick von der Sacré-Cœur, dort wo sich die Touristen drängelten. Und doch war es hier eine andere Perspektive.

„Fantastisch! Du legst mir ja die Stadt zu Füßen, Liebling", ich drückte mich eng an Emil, der mich zärtlich küsste.

„Ich war schon öfters hier", sagte er. „Die Leute, die mich begleitet haben, waren im Allgemeinen begeistert."

„Frauen?"

„Wohl auch Frauen."

„Aber mit mir ist es doch viel, viel schöner als mit den Anderen, oder?"

Die Antwort, die ich hören wollte, lag eigentlich auf der Hand. Ich war in romantischer Stimmung, und ich wollte alles durch die rosarote Brille sehen. Emil brauchte nur ein bisschen mitzuspielen …

„Der Ausblick ist immer sehr ähnlich", stellte Emil fest, „der Unterschied liegt eher an der Jahres- oder Tageszeit, oder am Wetter."

Mein Traumprinz war leider nüchtern, sachlich, gnadenlos ehrlich. Immerhin, wenn ich an die letzten Tage dachte, hatte mir mein Liebhaber sein ganzes wirkliches Wesen geschenkt. Er war unfähig sich zu verstellen. Ich, eine im Prinzip unbedeutende Marketingassistentin ohne spezielles Talent, hatte diesen rasend klugen Mann, dieses Genie, völlig umgehauen! Diese Erkenntnis über Emil musste mir – zumindest vorerst – reichen. Wir bummelten noch ein bisschen verliebt im Park Belleville herum, dann hatten wir Lust auf Kaffee. Zurück in der Rue de Belleville fanden wir ein Plätzchen an einem der Tischchen auf dem Trottoir.

„Deux café au lait, si´l vous plait", bestellten wir beim Kellner.

Im Ausland ist es immer gefährlich zu glauben, niemand verstünde einen. Dabei sind deutsche Urlauber, Studenten und Geschäftsreisende überall auf der Welt unterwegs. So ähnlich wie die Holländer. Nur dass es viel mehr Deutsche als Niederländer gibt.

Emil und ich unterhielten uns jedenfalls unbeschwert, ohne den Verdacht zu haben, wir könnten belauscht werden.

„Wir werden uns bei Chan melden müssen", überlegte ich laut, „ich hoffe doch, er hat dem Boss reinen Wein eingeschenkt. Ich möchte meinen Job nicht verlieren."

„Die brauchen uns doch."

„Dich sicherlich. Aber ich bin relativ leicht ersetzbar."

„Warum hast du nicht studiert?"

„Ich habe doch noch nicht einmal mein Abi. Fürs Gymnasium war ich zu faul. Ich wollte Fotomodell werden. Mit sechzehn, siebzehn wurde ich gelegentlich gebucht. Aber wenn du die Me-too-Debatte verfolgt hast, kannst du dir ausmalen, warum ich aufgehört habe."

„Was hast du dann gemacht?"

„Eine Ausbildung in einer Werbeagentur. Die wurde inzwischen von einer größeren Agentur geschluckt. Coole Typen zwar, aber bei *Peaceful Waters* habe ich hoffentlich den sichereren Job."

„Du bist ganz schön vernünftig", meinte Emil und orderte zwei weitere Café au Lait, dieses Mal mit zwei Stücken Tarte Tatin.

„Mittlerweile bin ich zumindest beruflich ziemlich vernünftig, ansonsten bin ich gerne eine Träumerin."

„Du passt sehr gut zu mir, du ergänzt mich."

„Ehrlich? Du fährst ja total auf mich ab." Ich knuffte ihn in die Seite, Emil zog mich an sich.

„Mein Vater sagt, …"

Aber leider zogen wir das Interesse auf uns. Vielleicht allein schon, weil wir ein verliebtes, junges, attraktives Paar waren. Die Frau am Nebentisch schob ihr Interesse an uns auf die gemeinsame Sprache.

„Ach, entschuldigen Sie! Ich höre schon ungewollt eine ganze Weil mit. Ich dachte, ich oute mich jetzt mal." Sie lachte und reichte zunächst mir die Hand. „Ich bin Victoria aus der Nähe von Hamburg. Ich bin für ein paar Monate Pariserin. Wir sind sogar Nachbarn!"

Nachdem sie meine Hand ausführlich geschüttelt hatte, als sei es die blanke Freude uns zu treffen, veranstaltete sie dasselbe Ritual mit Emil.

„Ich habe Sie vor ein paar Tagen mit Ihren Koffern anreisen sehen", verriet sie uns. Ihr war offensichtlich nicht klar, dass es ganz schön neugierig rüberkam. So wie der gehbehinderte Nachbar, der in Hitchcocks „Fenster zum Hof" aus Langeweile die Nachbarschaft beobachtet und auf diese Weise Zeuge eines Mords wird.

„Das Wetter ist ja herrlich", plapperte sie weiter. „Haben Sie schon viel von der Stadt gesehen?"

„Eigentlich sind wir bis vor zwei Stunden nicht aus dem Bett gekommen", sagte Emil wahrheitsgemäß und ohne rot zu werden.

„Äh. Ja. Paris, Stadt der Liebe, nicht wahr?" Sie kicherte.

„Sie auch?", fragte ich.

Sie lachte wieder. „Nein, eher ein Arbeitsaufenthalt. Ich bin Übersetzerin … Sie haben die Wohnung also gemietet? Soweit ich es mitbekommen habe, stand sie eine Weile ganz leer. So ist es mir ja tausendmal lieber. Es beruhigt mich doch, jemanden direkt neben mir zu wissen und dann noch so sympathische Leute."

Schleim! Kotz!

„Wer ist denn der Eigentümer der Wohnung, wenn ich fragen darf?"

„Ein Konsortium", sagte Emil.

„Also keine Privatperson?", bohrte sie weiter.

„Genau."

Ich zog Emil an mich und gab ihm einen langen, leidenschaftlichen Kuss.

Endlich hatte Victoria begriffen. Sie verkroch sich hinter ihrem Buch und zündete sich eine Zigarette an. Der Rauch störte mich weniger als ihr neugieriges Verhalten.

„Die will aber nichts von uns, so wie die Chinesen, oder?", flüsterte ich Emil ins Ohr.

„Wohl nicht." In diesem Moment klingelte sein Handy.

„Entschuldigung, ich glaube, da muss ich ran", bedauerte er und zog sein Mobilgerät aus seiner Hosentasche.

Aha! Einer von uns war also doch schon wieder bereit für die wahre Welt. Leider hatte ich mein Handy in der Wohnung gelassen. Ich hätte gerne meine E-Mails gecheckt. Emil hörte seinem Anrufer eine ganze Weile aufmerksam zu. Ab und zu sagte er „ist gut" oder „verstanden". Zum Schluss sagte er „bis dann". Ich sah ihn fragend an.

„Wir müssen morgen abreisen. *Peaceful Waters* braucht uns. Ja, auch dich!"

„Livia?"

„Der Boss."

Victoria warf uns einen interessierten Blick zu. Bevor sie sich wieder ins Gespräch bringen konnte, bat ich den Kellner um die Rechnung.

„Schönen Tag noch", wünschten wir unserer Wohnungsnachbarin höflich und machten uns engumschlungen davon.

CHAN

Warum sagte ich nicht die Wahrheit? Vielleicht weil sie mir plötzlich so absurd erschien. Ich hatte panisch gehandelt, als ich Arielle und Emil an Bord der Celebrity schickte. Möglicherweise weil ich irgendwie ahnte, dass auch mit *Peaceful Waters* irgendetwas faul war. Der Boss, so glaubte ich, war sauber, aber was war mit Livia? Und vor allen Dingen, wo steckte Johannes?

All diese Gedanken zirkulierten durch meinen Kopf als ich mit Rasmus Wrem und Livia Cremer in unserem Hamburger Büro zusammensaß.

„Hat sich in Sachen Nachforschungen über Johannes eigentlich inzwischen etwas ergeben?", brachte ich hervor.

Über Livias Gesicht, so hatte ich den Verdacht, schob sich eine dunkle Wolke. Der Boss seufzte: „Interpol ist eingeschaltet. Johannes scheint von der Erde verschluckt worden zu sein. Eine Leiche ist zum Glück bisher nicht aufgetaucht, aber es ist nicht sonderlich schwierig in abgelegenen Winkeln der Welt jemanden verschwinden zu lassen. Wir machen uns große Sorgen, doch die Ermittlungen liegen in den Händen der Experten."

78

„Ansonsten hat sich niemand gemeldet, der irgendetwas über Johannes` Verbleib wüsste?", bohrte ich weiter.

„Wie meinst du das?", fragte Rasmus Wrem.

„Vielleicht ist der entführt worden?"

„All diese Möglichkeiten klopft die Polizei natürlich ab", mischte sich Livia ein.

„Ein Unfall? Mord? Entführung dann wohl eher nicht, sonst hätten sich ja Geiselnehmer melden müsse. Oder freiwilliges Verschwinden,", mutmaßte ich.

„Wieso hätte Johannes untertauchen sollen?", fragte Wrem, „dann hätte er ja irgendetwas auf dem Kerbholz haben müssen."

Ich nickte. „*Peaceful Waters* hat bisher also keine Auswirkungen zu spüren bekommen? Ihr fürchtet euch auch nicht davor?"

„Du meinst, dass Johannes zum Beispiel mit seinem Wissen zur Konkurrenz übergelaufen sein könnte? Glaub mir, das alles versucht man herauszufinden. Bisher gibt es keine Anhaltspunkte dafür", sagte Wrem.

Livia nickte zustimmend.

„Ich frag nur, um selbst gerüstet zu sein."

„Was ist denn nun in Honkong wirklich passiert?", Livia feuerte die Frage ab, wie John Wayne in den alten Cowboyfilmen aus der Hüfte geschossen hatte.

Ich blies die Backen auf und ließ die Luft langsam entweichen. Dann erzählte ich die wahre, krude Story …

TEIL 2

EINE SACHE VON MORGEN

TAG 1

MITTWOCH

EINE LEICHE

Ein trüber Vormittag Anfang September. In der Nacht hatte es geregnet. Feuchter Grasduft hing in der Luft. Es war nicht richtig warm, aber auch nicht wirklich kühl. Hanka trug eine leichte Baumwolljacke, in der sie schnell zu schwitzen begann. Ein mit Fotoapparaten und Regenschirmen bewaffnetes Rentnerpaar trödelte vor ihr her. Vermutlich Touristen, die das Museum im Schloss besichtigen wollen, dachte Hanka und überholte die beiden. Ihr Blick streifte die weiße Fassade des Renaissancebaus, umgeben von einem Wassergraben. Hanka überquerte die steinerne Brücke zur Schlossinsel. Ihre Schritte waren auf dem Kopfsteinpflaster kaum zu hören. Sie trug Sportschuhe. Praktisch. Bequem. Zügig überquerte sie die Insel. Linkerhand das Schloss mit seinen Türmchen – vertraut seit Kindertagen. Als kleines Mädchen hatte sie es sich als Wohnsitz von Dornröschen, König Drosselbart oder der Prinzessin auf der Erbse vorgestellt und sich sehnsüchtig gewünscht, selbst eines Tages dort einzuziehen.

Ein Jogger in kurzer Sporthose und mit Schweißrändern unter den Achseln trabte ihr entgegen: Mitte vierzig, gut aussehend, Kapuzenshirt, umgedrehte Schirmmütze, MP3-Player, Stöpsel in den Ohren. Jörn-André Vagt aus ihrem Abi-Jahrgang! Wie immer viel zu sehr mit sich selbst beschäftigt, um ihren hingemurmelten Gruß zu hören, geschweige denn zu erwidern.

Die hölzerne Brücke, die zum anderen Ufer führt, sah glitschig aus. Hanka vertraute auf ihr flaches Schuhwerk. Sie würde nicht ausrutschen. Das Wasser im Graben schimmerte spakig grün, der Wasserstand war niedrig. Hinter der Brücke wandte sie sich nach rechts. Ein unbefestigtes Wegstück. Leicht aufgeweichte Erde. Später würde sie den Dreck von den Profilsohlen kratzen müssen. Wie lästig. Sie liebte diesen Teil des kleinen Parks. Ein paar Quadratmeter nahezu ungezügelte Üppigkeit. Alte Kastanien, Buchen, Linden, Rhododendren, knorrige Stämme, rankender Efeu. Das Laub spiegelte sich auf der glatten Wasseroberfläche. Nur das Rauschen des Verkehrs an der Hauptstraße, die östlich vom Park verläuft, störte die Idylle. Hanka atmete tief durch. Langsam fand sie in ihren Walking-Rhythmus.

Die Bank an der Wegbiegung, auf der Hankas Mutter Agnes gerne verschnauft hatte, war heute besetzt. Eine gepflegte dunkelhaarige Schönheit hockte da und weinte sich die Augen aus.

Hanka spürte ihr Herz schneller schlagen. Was jetzt? Sollte sie sich zu der Frau setzen? Sie trösten? Hilfe anbieten? Nein, das war Privatsache. Jeder hatte das Anrecht auf einer Parkbank zu sitzen und Rotz und Wasser zu heulen, ohne dass er von Fremden dabei gestört wurde.

Sie schüttelte das Gefühl, sich kümmern zu müssen, ab. Probleme hatte sie schließlich selbst genug. Sie brauchte Menschen um sich herum, die fröhlich waren. Niemanden, der sie mit in emotionale Abgründe riss.

Sie beschleunigte ihren Schritt, zog ihren Rechtfertigungsversuchen zum Trotz mit schlechtem Gewissen an der jungen Frau vorbei. Blickte zur anderen Seite.

Kurz darauf erreichte sie die Allee, die an der alten Mühle vorbeiführt. Parallel dazu verläuft ein Fuß- und Radweg. Teenager mit Rucksäcken waren dort unterwegs. „… Die Schneider nervt total mit ihren fiesen Mathe-Aufgaben …" War das nicht die Stimme von Michelle-Sophie Hellkamp?

Eine heisere Fahrradklingel gebot gereizt freie Durchfahrt. Hanka wich dem herannahenden Radfahrer aus. Auf der Hauptstraße rumpelte ein Lkw vorbei. Nieselregen setzte ein. Sie zog die Kapuze über den Kopf und erhöhte ihre Schrittfrequenz. Deswegen war sie schließlich in den Schlosspark gekommen: Zum Walken und nicht um sich einen Kopf zu machen. Die Zeit mit ihrer Mutter war intensiv genug, aber es gehörte nun der Vergangenheit an. Jetzt ging es darum, das Leben neu zu entdecken.

Sie wählte den großen Bogen rund ums Schloss herum, über die Hunnau und vorbei an der Schlosskirche. Die Kirchturmglocke schlug drei Mal. Es war 8.45 Uhr. Etwa sechs Minuten später erreichte sie erneut die Holzbrücke. Dieses Mal von der linken Seite. Ein Mann mit grüner Regenjacke kam ihr entgegen. Um die fünfzig, breites Rückgrat, Haarkranz, ein freundliches Gesicht mit sinnlichen Lippen. Er beachtete sie nicht. Ich bin ja auch unsichtbar, dachte Hanka. Harry Potter brauchte einen Tarnumhang, sie nicht. Da vorne war wieder die Parkbank. Ob sie nicht doch ein paar freundliche Worte an die

Verzweifelte richten sollte? Saß die dunkelhaarige Frau überhaupt noch dort? Hanka dehnte ihre Beinmuskeln ein bisschen am Geländer der Holzbrücke und stellte ihre Augen scharf.

Die Farben des Himmels changierten zwischen wachsweiß und lichtgrau als Hanka Lasalle die Leiche fand.

DER REIHERMANN

Mit wackeligen Beinen und flauem Gefühl in der Magengegend kehrte Hanka heim. Sie öffnete die Pforte und schob sich und ihr Fahrrad kraftlos hindurch. Sie machte sich Vorwürfe: Wieso hatte sie sich nicht um die Frau gekümmert? Womöglich wäre alles ganz anders gekommen!

„Hoi Hanka!" Der Reihermann reckte seinen langen Hals zwischen dem Pampasgras hervor. „Schon wieder so sportiv heute Morgen? Respekt! "

Er sagte nicht Res-pekt sondern Reee-schpekt! Der Reihermann hieß eigentlich Urs und war Schweizer oder – wie er sagte – „Schwyzer". Mit seinem langen schlanken Hals und den dünnen Röhrenbeinen sah er einem Stelzenvogel nicht unähnlich. Sein breiter Scheitel war gebräunt und blank poliert wie gut gepflegtes Eichenparkett. Seitlich fielen einsame Haare dünn und strähnig auf seine schmalen Schultern. Ein schräger Vogel war dieser Urs Rüggeli, fand Hanka.

„Was graben Sie denn da herum?", fragte sie, denn der Reihermann hielt eine kleine Gartenschaufel in der Hand. Seine Fingernägel trugen Trauerränder.

„Ich pflanze Krokusse!"

„Die blühen doch erst im Frühjahr! Da sind Sie doch längst wieder in Paris!"

„Victoria wird sich daran erfreuen, oderrr."

„Sie kann Krokusse nicht ausstehen!"

„Das wusste ich nicht."

„Eben."

Sie ging am Vorderhaus vorbei, in dem eigentlich Victoria Konrady zu Hause war. Vor einer Woche war der Reihermann dort eingezogen, Victoria bewohnte derweil sein Pariser Appartement. Wohnungstausch bis Weihnachten.

Hanka lebte in der hinteren Hälfte des Zwei-Familien-Hauses aus den fünfziger Jahren. Sie stellte ihr Fahrrad neben ihrem heiß geliebten froschgrünen Toyota Yaris in der Garage ab und zog ihren Haustürschlüssel aus der Hosentasche. Sie sehnte sich nach Entspannung bei einer Tasse heißen Tee.

„Hanka! So warten sie doch!" Urs Rüggeli hatte sich von hinten angeschlichen. „Vitamine!" Er hielt ihr zwei – zugegebenermaßen – perfekte rotbackige Äpfel hin.

„Danke."

„Pardon, geht es Ihnen nicht gut?"

„Und selbst? Gar nicht am Computer heute?"

„Ganz bleich um die Nase schauen Sie aus."

„Machen Sie sich mal um mich keine Sorgen, Urs." Sie schloss ihre Haustür auf.

„Victoria meinte, Ihr Kreislauf sei etwas instabil."

„Also, wirklich!"

„Bin ich zu uffdringlich?"

Sie ließ die Tür hinter sich zukrachen.

KONTEMPORÄRE UNZUVERLÄSSIGKEIT

Hanka zog Schuhe und Jacke aus. In ihrer soliden Holzküche von 1988 schaltete sie den Wasserkocher an. Dann ließ sie sich auf einen Küchenstuhl sacken. Was für ein

Tag! Der Reihermann sollte bloß aufpassen, dass er ihren ganzen Frust nicht wie eine Ladung Mist vor die Füße gekippt bekam. Vermutlich wollte er wieder auf einen Kaffee eingeladen werden, so wie letzte Woche, als Hanka höflichkeitshalber zum Antrittsbesuch gebeten hatte. Sie verzog das Gesicht. Leider hat Victoria sie dazu verdonnert, den neuen Nachbarn nett zu behandeln. Aber an einem so scheußlichen Tag wie heute konnte unmöglich jemand von ihr gepflegten Small-Talk erwarten.

Dieser Urs verfügte anscheinend über unendlich viel Zeit.

Vor allen Dingen im Gegensatz zu denen, deren Lebensuhren abgelaufen waren … wusste die Frau, dass sie heute sterben würde?

Vor Hankas geistiges Auge schob sich wieder das Bild der Toten auf der Parkbank. Ihr bleiches Gesicht, die aufgesprungenen Lippen, die maskara-verschmierten Augen. Hanka hatte den herbeigerufenen Polizeibeamten Auskunft darüber gegeben, wie unglücklich die Frau gewesen war. Sie hatte auch den Mann bei der Holzbrücke erwähnt. Er musste die Leiche doch eigentlich noch vor ihr bemerkt haben, hatte sie gemutmaßt. War er kaltblütig an der Toten vorbei gegangen?

Der Wasserkocher brodelte. Hanka goss sich eine Tasse Verbenentee auf. Wäre sie doch heute nur nicht im Schlosspark gelaufen! Meistens wählte sie für ihre Fitness-Touren die Wege um den Bredenbeker Teich oder sie walkte Richtung Biohof Gut Wulfsdorf. Ausgerechnet jetzt, da sie selbst um innere Stabilität rang, häufig melancholisch und gereizt war, musste ihr so ein belastendes Erlebnis passieren! Und niemand da, mit dem sie sich darüber austauschen könnte. Keine klugen Ratschläge mehr von ihrer Mutter, null Aufheiterung von Victoria.

Hanka nahm den Teebecher mit ins Wohnzimmer. Sie lümmelte sich auf die Couch und griff nach dem Telefon. Rufaufbau, Klingeln. Eine fremde Stimme forderte sie auf: „Bitte hinterlassen Sie eine Nachricht." Frustriert drückte sie das Gespräch weg. Sie hatte es doch gleich geahnt, als Victoria ihr von der Idee mit dem Wohnungstausch erzählte: Die Vicky würde sich einen Teufel darum scheren, wie es Hanka ging, solange sie in Paris mit ihrem großen Übersetzungsprojekt beschäftigt war. Trotz einer gewissen kontemporären Unzuverlässigkeit hielt Hanka die quirlige Diplom-Übersetzerin für ihre beste Freundin. In den vergangenen Monaten war Vicky eine Stütze gewesen. Eine schlimme Zeit, in der die Grundpfeiler in Hankas Leben eingestürzt waren: Erst hatte sie geschäftlich Schiffbruch erlitten, dann musste sie ihre schöne Eigentumswohnung verkaufen. Schließlich war ihre Mutter unerwartet gestorben. In ihrer Not war sie zurück in ihr Elternhaus in Ahrensburg gezogen, ein Nachkriegsbau mit Satteldach wie die anderen in der Straße.

Hanka war damals erleichtert gewesen, Ahrensburg nach dem Abitur den Rücken zu kehren. Zunächst war sie zum Germanistikstudium nach Göttingen gegangen. Nach vier Semestern war sie sich sicher, die Literatur zwar zu lieben, die theoretische Beschäftigung damit aber nicht ihr Ding war. In Lüneburg hatte sie eine Buchdruckerlehre absolviert. Währenddessen war ihre Leidenschaft für Papier erblüht. Sie hatte sich die Kunst des Papierschöpfens angeeignet und in einem Papierwarenladen gearbeitet. Vor zehn Jahren war sie nach Hamburg gezogen. In Ottensen hatte sie ihre eigene Papeterie eröffnet, mit der sie so erfolgreich gewesen war, dass sie vier Jahre später einen weiteren feinen Laden in der Innenstadt aufmachen konnte.

Dank der Mieteinnahmen für die vordere Haushälfte und dem Geld, das sie sich mit ihrem Klavierunterricht verdiente, hielt sich Hanka jetzt finanziell über Wasser. Sie hatte weiß Gott schon rosigere Zeiten erlebt. Mit fünfundvierzig – in der Mitte des Lebens – fühlte sie sich, als wäre sie auf voller Fahrt mit dem Auto gegen eine Leitplanke gekracht und der Airbag, der sie vor dem Schlimmsten bewahrt hatte, drückte ihr noch immer gegen den Brustkorb und machte sie manövrierunfähig.

Doch nicht einmal in ihrer dunkelsten Stunde hatte sie auch nur ansatzweise an Selbstmord gedacht. Tatsächlich musste das Ausmaß an Verzweiflung unermesslich groß sein, um sich selbst etwas anzutun, dachte Hanka. Normalerweise besaß der Mensch einen Selbsterhaltungstrieb, der ihn zu allem Möglichen beflügelte. Und selbst wenn jemand daran dachte, den Schlussstrich unter sein Leben zu ziehen, war es doch noch ein gewaltiger Schritt, den Vorsatz in die Tat umzusetzen. Was nur war in dieser fremden Frau vorgegangen?

Und in welchem Schrankfach lagen eigentlich die Bärentatzen? Hanka riss gerade eine Tüte ihrer Lieblingskekse auf, als sich Victoria bei ihr meldete.

„Salut, ma chère! Was gibt´s?"

Victorias Stimme! Eine gehörige Portion Selbstmitleid ballte sich in Hankas Brust zusammen. Wenig Platz dort! Also suchte sich das leidige Gefühl einen Weg hinaus über ihren Tränenkanal.

„Hast du überhaupt Zeit für mich?", quetschte Hanka irgendwie hervor.

„Hanka, du klingst so bedrückt? Heulst Du? Erzähl doch!"

Hankas Anspannung löste sich langsam. Es war erleichternd, über den Leichenfund zu reden. Victoria war eine gute Zuhörerin.

„Ach du Ärmste! Das ist ja furchtbar", tröstete sie. „Was ist da wohl passiert?"

„Die Polizei tippt auf Suizid, glaube ich." Hanka dachte an die beiden Polizisten im Park, die sie unfreiwillig belauscht hatte.

„Wie traurig", meinte Victoria.

Hanka holte tief Luft und sagte dann heftig: „Ich mach mir solche Vorwürfe! Wenn ich mich doch bloß zu ihr gesetzt hätte …"

„Dann hätte die Frau ihr Vorhaben eben etwas später ausgeführt. Mach dich nicht verrückt, Hanka."

„Ich werde einfach das Gefühl nicht los, dass ich sie hätte beschützen müssen."

„Wie hättest du es denn anstellen sollen? Du konntest es doch nicht ahnen, wie schlimm es um die fremde Frau stand. Außerdem: Vielleicht hat sie sich gar nicht selbst getötet!"

„Was?"

„Na, es könnte doch jemand nachgeholfen haben!"

„Wie nachgeholfen? Du denkst an Mord?"

„Warum nicht? Du hast mir doch von dem Mann erzählt, der dir entgegen kam, kurz bevor du die Frau gefunden hast? Vielleicht steckt der dahinter?"

„Du hast Ideen! Für mich ist es zwar unerklärlich, wieso der Typ nichts bemerkt hat. Aber vielleicht gehört er zu diesen Ignoranten. Wenigstens hatte er mit der ganzen Polizeiaktion nichts am Hut. Im Gegensatz zu mir."

„Oder er ist verschwunden, weil er etwas zu verbergen hat!" Victoria schien immer mehr Gefallen an diesem Gedanken zu finden.

„Du liest zu viele Kriminalromane."

„Der Typ ist äußerst verdächtig! Hast du die Polizisten auf den Mann hingewiesen?"

„Ich habe ihn beschrieben. Die wissen, dass er an der Leiche vorbei spaziert sein muss, ohne sich zu kümmern."

„Dann werden sie ihn vermutlich suchen, diesen Killer."

„Vicky! Du übertreibst!"

„Und du bist mal wieder verdammt blauäugig. Die Menschen sind nicht alle edel und gut. Das müsstest du inzwischen eigentlich wissen."

„Wenn du tatsächlich Recht haben solltest mit dieser Mördergeschichte …Mir läuft ein Schauer den Rücken hinunter."

Dann hingen beide eine Weile stumm am Telefon.

„Ach, Liebchen!", sagte Victoria schließlich. „Was machen wir jetzt mit dir? Du musst dir unbedingt etwas Schönes gönnen, etwas, das die Seele streichelt. Lenk dich bloß ab! Vielleicht kann Urs …"

„Also, dass du mir diesen komischen Kauz zumutest!"

„Hoppla! Welche Laus ist dir über die Leber gelaufen?", fragte Victoria.

„Der passt nicht hierher."

„So ´n Quatsch, Hanka. Außerdem bleibt der doch nicht ewig. Was gefällt dir nicht an Urs Rüggeli?"

„Er ist ein seltsamer Vogel. Ich hab das Gefühl, er lauert mir auf. Immer, wenn ich am Vorderhaus vorbei muss, passt er mich ab. Er ist wie das Männlein in diesen alten Spielzeugboxen, dessen Kopf überraschend hervorschnellt."

Victoria lachte schallend auf.

„Ja, und dazu passt sein langer Hals hervorragend", setzte Hanka noch eins drauf.

„Sieht er denn so schlecht aus?"

„Eine Schönheit ist er nicht."

„Auf dem Foto auf seiner Website finde ich ihn gar nicht so übel. Kluge Augen hat er und ein verschmitztes Lächeln."

„Sag mal, woher weiß der Kerl eigentlich von meinem niedrigen Blutdruck? Quatscht ihr über mich?"

Victoria kicherte. „Du interessierst ihn eben. Ich glaube, er hat ein wenig Feuer gefangen …"

„Nie und nimmer!"

„Ich finde, er hat eine aufregende Telefonstimme. Richtig sexy. Tief und rau."

„Dann nimm du ihn doch!", schlug Hanka vor.

„Und dann dieser charmante Schweizer Akzent", schwärmte Victoria weiter.

„Schwyzer Akzent! … Lassen wir das Thema. Wie kommst du mit deiner Arbeit voran?"

„Morgen treffe ich Galine Custard. Ich muss ein Gespür für sie entwickeln, dann erschließt sich mir ihr Werk einfach besser."

Victoria geriet in ihr Element. Sie erzählte von den Schwierigkeiten, das relativ anspruchsvolle populär-philosophische Werk der Französin Custard ins Deutsche zu übersetzen. Dann schwärmte sie von der Rue de Belleville mit den kleinen Geschäften und Cafés.

„Wenn du die Auslagen der traiteurs, boulangerien, boucherien siehst, läuft dir im Mund alles zusammen. Und seinen Kaffee bekommt man hier noch, wie es sich gehört, zusammen mit einem Glas Wasser serviert. Dort, wo sich die Touristen rumtreiben, hat man sich diese gute Tradition abgewöhnt. Spart Platz in der Spülmaschine! Du wirst sehen, ich werde gefüllt wie ein Eclair zurückkehren. Fett und trotzdem verführerisch … Paris macht so sinnlich! Stell dir vor: Die Rue de Belleville schlängelt sich einen Hügel hinunter, und plötzlich an der Metro Station Pyrénées stockt dir der Atem, du siehst den Eifelturm, gleichzeitig fern und doch sehr nah vor dir. Das ist wunderbar. Gestern war ich dann im Parc de Belleville, und was soll ich sagen, der Ausblick von dort steht dem berühmten Panorama, dass du von der Sacré Coeur aus genießt, in nichts nach. Toutes Paris zu deinen Füßen!"

Durch Vickys Art die Dinge zu beschreiben, kam es Hanka vor, als würde sie selbst in der französischen Hauptstadt herumspazieren. Als sie das Gespräch beendeten, fühlte sie sich leichter ums Herz. Sie setzte sich ans Klavier. Ihre Finger glitten über die Tasten. Die Töne fügten sich zu Chopins Regentropfen-Prélude.

Bestimmt hatte Victoria mal wieder maßlos übertrieben. Was sollte der Reihermann schon an ihr finden?

DIE PRÜFUNG

Meret Reinerts nahm die Porzellantasse mit dem Grünen Tee und verließ die Pantry. Die Absätze ihrer Pumps klackerten auf den Holzdielen, die Nylons rieben bei jedem Schritt aneinander, als sie den langgezogenen Flur durchquerte. Kurz nach 19 Uhr und *Sielich & Söhne* wirkte wie ausgestorben. Links und rechts des Flurs, hinter den Glastüren, lagen die Büroräume im Zwielicht des sich verabschiedenden Tages. Nur aus einem Zimmer drang Gemurmel und raues Auflachen. Doris Kaak! Die Sachbearbeiterin in der Verwaltung war bekannt und berüchtigt dafür, aus dem altehrwürdigen Handelskontor in der Hamburger Speicherstadt ihr eigentliches Zuhause gemacht zu haben. Über Fünfzig, keine Kinder, so viel man wusste ohne Liebschaften … Ein klassischer Fall von verheiratet sein mit der Firma.

Das wird mir hoffentlich nicht passieren, dachte Meret. Sie war fest dazu entschlossen Berufstätigkeit, Partnerschaft und Familienleben miteinander in Einklang zu bringen, wenn es irgendwann soweit wäre. Zukunftsmusik, die sie bisweilen in ihrem Inneren abspielte. Ihr Freund, oder besser gesagt ihr Ex, behauptete allerdings, dass sie selbst ausgesprochen anfällig für eine unausgewogene Work-Life-Balance war. Karriere bedeutete ihr viel.

Ihr äußerst erfolgreiches Studium der Betriebswirtschaftslehre an der Uni Kiel hatte sie vor drei Jahren als Diplom-Kauffrau abgeschlossen. Eine Weile verlockte sie der Gedanke, an der Universität zu bleiben, zu forschen und eine Doktorarbeit zu schreiben. Doch dann fand sie, dass die Erlangung des klangvollen Titels vor allen Dingen viel Zeit kosten würde. Dank einem Auslandsschuljahr in Florida und einem Studiensemester in Bordeaux waren ihre Englisch- und Französischkenntnisse überdurchschnittlich gut. Außerdem hatte sie in den Semesterferien diverse Praktika bei namhaften Firmen absolviert. Es war eine relativ einfache Sache gewesen bei der renommierten Hamburger Wirtschaftsprüfungsgesellschaft *Lombardsche Treuhand* als Prüfungsassistentin einzusteigen.

Meret schloss die Tür zum Revisorenzimmer auf. Ihr Blick fiel auf den Aktenstapel neben dem schwarzen Notebook. Selbst wenn sie den Raum nur kurz verließ, war es unumgänglich, die Unterlagen vor fremden Blicken zu schützen.

Das gehörte zu den Regeln.

Die Tätigkeit als Prüferin war anspruchsvoll und verlangte neben Zuverlässigkeit, Genauigkeit und analytischem Sachverstand ein hohes Maß an Eigenverantwortung. Nach nur elf Monaten war ihr der Aufstieg zur sogenannten Juniorprüferin und nur ein Jahr später zur

Seniorprüferin gelungen. Eine Position, die sie nun schon seit zwei Jahren ausfüllte. In den Augen der Achtundzwanzigjährigen war es längst an der Zeit für die Beförderung zur Prüfungsleiterin!

Sie stellte das dampfende Getränk auf dem Schreibtisch ab, gab ihr Passwort ein und drückte auf die Entertaste. Dann öffnete sie die Excel-Tabelle mit der „Offene-Posten-Liste". Sie trank einen Schluck Tee, strich ihre langen kastanienbraunen Haare hinter die Ohren und vertiefte sich in die Zahlenkolonnen auf dem Bildschirm.

Die Im- und Exportfirma *Sielich & Söhne GmbH* war ein langjähriger Mandant der *Lombardschen Treuhand*.

Das Klingeln des Telefons riss Meret aus ihrer Konzentration.

Markus Dompfke aus der Buchhaltung meldete sich: „Kommst du schnell mal rüber? Ich habe was gefunden, das dich interessieren könnte …"

„Ich dachte, du bist schon weg!"

„Physisch bin ich zwar seit achteinhalb Stunden hier, aber der Rest von mir sitzt noch am Frühstückstisch bei mir zuhause. Die Kaak hat … Nicht so wichtig. Was ist? Kommst du nun?"

„Sekunde."

Markus Dompfke, ein spindeldürrer Endzwanziger. Freundlich, schlagfertig und immer eine wenig überlastet. Er wirkte mit seiner lässigen Art eher untypisch für seine Zunft. Ein etwas hibbeliger Typ, der sich lieber einen Beruf hätte aussuchen sollen, der ihn weniger an einen Bürostuhl fesselte, dachte Meret. In seiner Freizeit deklamierte er boshafte Texte für eine Amateur-Kabarett-Truppe. Sie kannte Dompfke seit ihrem ersten Prüfungsauftrag bei der Firma *Sielich & Söhne* vor zwei Jahren. Markus war derjenige gewesen, der ihr am meisten geholfen hatte, sich zurecht zu finden. Das war keine Selbstverständlichkeit.

„Unternehmen sind gesetzlich dazu verpflichtet, ihre Jahresabschlüsse von Wirtschaftsprüfern durchleuchten zu lassen. Für die Firmen ist es eine ebenso lästige wie notwendige Angelegenheit wie für Privatpersonen ihr Auto zum regelmäßigen TÜV zu bringen. Es ist zwar eine Pflichtprüfung, aber man kann die Werkstatt wählen, die das Gefährt durchchecken soll." Mit diesen Worten versuchte Meret Reinerts für gewöhnlich Freunden und Bekannten, die keine Ahnung von dem Metier hatten, zu erklären, wozu Wirtschaftsprüfung da ist.

Bei einigen Mandanten stießen die Wirtschaftsprüfer auf widerwilliges Verhalten der Mitarbeiter. Die Palette reichte von zäher Zusammenarbeit bis hin zur Mauer des Schweigens. Mit Markus Dompfke war das anders. Anfangs hatte Meret geglaubt, er habe sich ein bisschen in sie verguckt. Aber es war wohl eher ein Fall von Sympathie zwischen ihnen. Sie waren fast gleichaltrig und stammten beide aus der Nähe von Kiel. Vor allen Dingen aber fühlten sie sich beide wie Fremdkörper bei *Sielich & Söhne*. Meret, weil sie als Prüferin den Leuten auf die Finger sehen musste und deshalb von vielen Mitarbeitern als potenzielle Bedrohung empfunden wurde. Markus, der ein leidenschaftlicher Laiendarsteller in einer Theatergruppe war, weil er sich in seiner täglichen Rolle als Buchhalter wie eine Fehlbesetzung vorkam, und weil er in den Augen der anderen etwas latent Unberechenbares an sich hatte.

Meret stieß die Glastür auf. Die dünne Silhouette des Buchhalters setzte sich wie ein dunkler Schatten gegen das Abendrot jenseits der Fensterfront ab. Lediglich ein Computerbildschirm spendete künstliche Beleuchtung. Markus war dabei, seine Aktentasche zu packen.

„Soll ich nicht besser das Licht anschalten?", fragte Meret.

„Nicht nötig.", Er machte ihr ein Zeichen, vor seinem PC Platz zu nehmen. „Guck dir das hier mal an. Mit den Rechnungen von der Firma ENTRAIL stimmt etwas nicht."

Sie überflog die Computerseite. Klickte weiter.

„Was ist damit?"

Dompfke strich sich die halblangen Haare aus dem Gesicht und schob seine runde John-Lennon-Brille auf der Nase zurecht. „Pass auf: Ich wollte eine Rechnung an ENTRAIL für gelieferte Druckerpatronen verbuchen. Wie schräg ist das denn, dachte ich. Neulich erst haben wir denen Knete für Toilettenartikel überwiesen. Ich hab dann mal weiter gefahndet, und siehe da: In den letzten Monaten haben wir von ENTRAIL Rechnungen für ganz unterschiedliche Produkte wie Drucksachen, Getränkekisten, Toilettenpapier und so weiter erhalten, aber auch für verschiedene Beratungsleistungen. Jetzt frag ich dich: Ist das ein Gemischtwarenladen oder was?"

„Warum sprichst du nicht mit demjenigen, der die Rechnungen zur Zahlung freigegeben hat?"

„Wahrscheinlich war es der Chef selber. Bei dem kann ich ohnehin nicht punkten … Der mag mich, glaube ich, nicht sonderlich. Mach du das lieber. Du kannst den Leuten auf den Schlips treten, so viel du willst, Frau Revisorin."

„Ich guck mir das Buchungsjournal mal in Ruhe an, Markus. Schaden kann es ja nicht."

Markus Dompfke schaute ihr über die Schulter. Sein rechter Fuß wippte ungeduldig auf und ab. „Ich mach jetzt Feierabend. Du kannst dich in deinem Kämmerlein mit der Sache ja mal befassen. Wenn du das da lesen willst, musst du es aber ausdrucken. Ich fahr den Kasten jetzt runter."

„Du bist so nervös! Hast du noch was vor?", fragte Meret, während sie den Druck vorbereitete.

„Jep! Ich sehe mal bei Jana vorbei."

„Die war heute gar nicht im Büro, stimmt's?"

„Sie hat sich heute früh krankgemeldet."

Der Drucker surrte leise, spuckte ein Blatt nach dem anderen aus.

„Jana? Ich denke, es ist aus zwischen euch", sagte Meret beiläufig.

„Wir hatten Stress miteinander, stimmt. Vielleicht kann ich damit punkten, wenn ich jetzt an ihr Krankenbettchen eile. Meinst du nicht auch? Auf so was steht ihr Frauen doch, oder?" Markus klang hoffnungsvoll. Über seine unglückliche Liebe zur Chefsekretärin Jana Berginski wurde sich bei *Sielich & Söhne* genüsslich das Maul zerrissen.

„Sicherlich." Meret nahm den Papierstapel an sich und stand auf. „Dann richte bitte aus, dass ich ihr gute Besserung wünsche."

Sie ging zurück ins Revisorenzimmer. Die Sache entfachte ihren Drang nachzuforschen. Diese Eigenschaft prädestinierte sie für ihren Job. Vielleicht wäre sie auch eine gute Kriminalkommissarin geworden, aber leider konnte man nicht alle interessanten Jobs gleichzeitig ausfüllen. Immer musste man sich entscheiden. Die Vielfalt der Möglichkeiten erdrückte sie manchmal. Zugegeben hätte sie es zwar vor anderen nie, aber sich selbst gestand sie es manchmal ein.

Es juckte sie in den Fingern, sich weiter mit den ausgedruckten Seiten zu befassen. Aber zunächst musste sie sich weiter um die Liste mit den Forderungen aus

Lieferung und Leistung kümmern. Sie hatte schließlich den Abgabetermin für den Prüfungsbericht im Nacken.

*

Gegen halb neun verließ Meret Reinerts gemeinsam mit Doris Kaak das altehrwürdige rote Backsteingebäude am Holländischen Brook, in dem der Firmengründer Hermann F. Sielich 1903 die Weichen für das familiengeführte Traditionsunternehmen gestellt hatte. Kaum an der nasskalten Luft, zündete sich Doris Kaak eine Zigarette an. „Sie auch?"

Meret schüttelte den Kopf. Sie fühlte sich nicht so recht wohl mit Kaaki, wie Markus Dompfke seine Kollegin durchaus liebevoll nannte. Die Sachbearbeiterin zwinkerte nervös mit den Augen und zog gierig an ihrem Glimmstängel.

„Kann ich Sie irgendwo absetzen?", fragte Meret.

„Nicht nötig." Doris Kaak deutete auf das Eingangsportal, über dem ein in Stein gehauenes Fabelwesen mit Engelsflügeln und Fischflossen wachte. „Seit 36 Jahren gehe ich hier werktags tagtäglich ein- und aus. Können Sie sich das vorstellen, Frau Reinerts?"

„Warum nicht?"

„Als ich anfing, haben wir bei Sielich pharmazeutische Artikel und Obstkonserven im- und exportiert ... Wussten Sie, dass in den Gründerjahren vornehmlich mit Naturdärmen gehandelt wurde?"

„Die Welt verändert sich eben ständig", sagte Meret.

Selbstverständlich wusste sie, dass der Handelsschwerpunkt der *Sielich und Söhne GmbH* heutzutage im Bereich von Lebensmittelzusatzstoffen lag. Dazu gehörten Säuerungsmittel, Trennmittel, Gelatine und Gelatine-Alternativen auf pflanzlicher Basis, Lakritz-Extrakt, Gummi arabicum, Guarkern- und Johannisbrotmehl. Alles Ingredienzien, die häufig auf Lebensmittelverpackungen im Kleingedruckten unter der Überschrift „Inhaltsstoffe" auftauchen.

„Wohl wahr", stimmte Frau Kaak zu. Sie betrachtete ihre Zigarettenspitze. „Könnten Sie sich vorstellen, ihr ganzes Berufsleben bei der *Lombardschen Treuhand* zu fristen?"

„Ich stehe ja noch am Anfang meiner Karriere. Momentan pauke ich für die Steuerberaterprüfung. In zwei Jahren hoffe ich das Wirtschaftsprüferexamen zu schaffen …"

„Fortbildung frisst viel Freizeit auf, was, Frau Reinerts?"

„Im Moment bleibt mein Privatleben schon auf der Strecke", räumte Meret ein. „Aber das ist es mir wert."

„Sie leben für ihren Job, was?"

„Am Ende des Studiums hatte ich überlegt, meinen Doktor zu machen und eine Laufbahn als Wissenschaftlerin anzustreben. Gut, dass ich es nicht gemacht habe. Die praktische Arbeit in der Wirtschaftsprüfung ist genau mein Ding." Es wäre allerdings höchste Zeit für eine Beförderung, dachte Meret im Stillen.

„Sie sind sehr tüchtig. Frau Reinerts. Glauben Sie mir, ich habe über die Jahre genügend Vergleiche ziehen können." Doris Kaak lenkte ihren Blick ins Nirgendwo. Meret fragte sich, wo die Sachbearbeiterin mit ihren Gedanken hingewandert war. Am liebsten hätte sie sich davongeschlichen – Frau Kaak hätte sicher nichts bemerkt – aber dann fand sie es doch zu unhöflich, sich nicht ordentlich zu verabschieden. Schließlich flatterte Doris Kaaks Blick wieder zu Meret zurück.

„Sie sind zielstrebig und ehrgeizig. Finde ich gut." Doris Kaak nahm einen tiefen Zug. „Irgendwann wollen sie bestimmt Partner – oder heißt es dann nicht Partnerin? – werden bei der *Lombardschen Treuhand*?"

„Ich weiß nicht." Meret hatte nicht vor, ausgerechnet Doris Kaak von ihrem Traum sich als Wirtschaftsprüferin später einmal mit einer kleinen, aber feinen Kanzlei selbstständig zu machen, zu erzählen. Für Meret war es wichtig, eines Tages unabhängig zu sein von irgendwelchen Chefs. Außerdem wollte sie neben dem Beruf auch eine Familie haben, und sie hatte nicht vor, immer einen Vorgesetzten darum zu bitten, wenn sie wegen eines kranken Kindes zuhause bleiben wollte.

„Machen Sie so viel aus sich wie möglich! Früher hat man uns Frauen andere Ratschläge erteilt. Sei hübsch, such dir ʼnen gut verdienenden Mann ..." Doris Kaak lachte heiser in sich hinein. „Tschja, klappt nicht immer alles so, wie man sichʼs gedacht hat."

Meret stimmte höflichkeitshalber in das Lachen ein. „Also, wenn ich Sie wirklich nirgendwo absetzen kann? ... Nein? Dann wünsche ich Ihnen einen erholsamen Feierabend, Frau Kaak!"

„Ihnen auch, Frau Reinerts. Ihnen auch."

Sie verabschiedeten sich per Handschlag.

*

Fünf Minuten später schloss Meret die Tür ihres tomatenroten VW-Käfers auf. Ein Erbstück ihrer Großmutter, auf das sie stolz war. Sie drückte sich in den mit braunem Teddystoff bezogenen Fahrersitz, legte die Hände aufs Lenkrad und ließ die Schultern kreisen. Sie fühlte sich zwar ausgepowert, aber zufrieden.

„Auf gehtʼs, Heribert. Ab nach Hause", sagte sie und drehte den Zündschlüssel um. Es wurde fast ohrenbetäubend laut. Der Käfer hatte einen „Panzermotor", wie ihr erster fester Freund Tobias – geprägt vom abzuleistenden Wehrdienst – es früher einmal treffend ausgedrückt hatte. Um den Krach zu übertönen, schaltete Meret das Radio an. Joe Cocker röhrte "Unchain my heart". Meret sang lauthals mit. Sie wusste nicht, wen sie darum hätte bitten sollen, „ihr Herz freizugeben", aber der Gedanke daran gefiel ihr. Sie lebte bewusst als Single, doch ihre Sehnsucht nach Romantik ließ sich nicht immer ganz zur Seite schieben. Sie dachte an Michel, von dem sie sich vor einem Jahr getrennt hatte. Es war schon herzzerreißend, wie sehr sie trotz räumlicher Distanz immer noch aneinander hingen. Michel hatte eine Wohnung in Paris bezogen. Dort arbeitete er an einer Übersetzung und – wie Meret vermutete – hatte mit irgendeiner hinreißenden Französin eine Bettgeschichte am Laufen. Es fiel ihr immer noch schwer, sich Michel aus dem Kopf zu schlagen. Aber nach dreijähriger Beziehung mit vielen Höhen und Tiefen und aufgrund der Tatsache, dass Michel zwanzig Jahre älter als sie war und sich – das vor allem – emotional nie ganz von seiner Exfrau, einer äußerst toughen Kommissarin, lösen konnte, hatte sie einen Schlussstrich gezogen.

Sie lenkte Heribert über die Oberbaumbrücke Richtung Altstadt. Das Lichtermeer der Stadt faszinierte sie. Nachts durch Hamburgs Straßen zu knattern, gehörte zu den Dingen im Leben, die nicht viel kosteten und dennoch glücklich machten wie Nutella löffelweise zu naschen, den Duft von frisch geriebener Orangenschale zu inhalieren, sich zu überwinden in der kalten Nordsee zu baden, guten Sex zu haben, sich die Sterne vom Himmel holen zu lassen …

„Fuck it", schimpfte Meret laut und genüsslich. Sie ließ sich gerne mal gehen, wenn sie sich im geschützten Raum wähnte. Michel hatte diese Seite an ihr immer sehr gemocht.

*

Mit viel Glück hatte Meret heute Abend einen Parkplatz, keine hundert Meter von ihrer Wohnung entfernt, gefunden. Ihre Zwei-Zimmer-Mietwohnung im Stadtteil Harvestehude hatte Meret ganz in Weiß eingerichtet. Die für Kerzen, Handtücher, Kissen und solche Sachen zugelassenen Farben waren gelb und blau, ihre Lieblingsfarben. Einzig die Buchrücken in den Regalen durften in Merets rigidem System aus der Reihe tanzen. Die Wohnung war nicht sehr groß, aber sie lag gut und war für Merets momentane Lebenssituation perfekt geeignet. Am wichtigsten war ihr ohnehin der gläserne Schreibtisch, den sie ans Fenster mit Blick auf die Straße gestellt hatte.

Im Schlafzimmer zog sie sich das Nadelstreifenkostüm und die Nylons aus und schlüpfte in bequeme Jeans und einen leichten Baumwollpullover. Sie griff nach der Stahlbürste auf der Frisierkommode und gönnte ihrem seidig glänzenden Haar hundert Bürstenstriche. Barfüßig lief sie In die winzige Küche, mischte sich aus Joghurt, Cerealien, Rosinen, Nüssen und Bananenscheiben ein Müsli und setzte sich dann ihr Essen löffelnd auf die weiße Kunstledercouch im Wohn- und Arbeitszimmer. Auf n-tv informierte sie sich über die Ereignisse des Tages. Mit leichtem Bedauern widerstand sie der Versuchung, sich „La-La-Land" mit Ryan Goosling anzuschauen. Sie ging zum Schreibtisch und versetzte der Pendelfigur, die sie in einem schummrigen Laden auf St. Pauli entdeckt und spontan erworben hatte, einen kleinen Stoß. Eine Weile lang schaute sie dem in einem Ruderboot auf hohen Wellen auf- und ab treibenden Pärchen zu. Wobei sie es mochte, dass die Frau beide Ruder in der Hand hielt, während der Mann die Mandoline spielte. So ähnlich stellte sie sich das Zukunftsmodell ihrer eigenen Liebesbeziehung vor. Sie wünschte sich einen sanftmütigen Ehemann, der ein paar Jahre bei den Kids blieb, während sie die kleine Familie ernährte. Auf jeden Fall brauchte sie einen Partner, der sie in ihren Zielen unterstützte und keinen Wolf-im-Schafpelz-Typen, der sich lauthals für die Frauenquote aussprach, während er seine eigene Frau jedoch lieber an Heim und Herd gebunden sah. Leider gab es den passenden Mann nicht auf Bestellung. Ein bisschen Spielraum musste sie wohl oder übel dem Zufall, dem Schicksal, der Vorsehung oder wie auch immer man diese unangenehm unsichere Komponente im Leben nennen mochte, überlassen. Oder einem Dating-Portal. Aber das hatte noch etwas Zeit.

Ohne große Begeisterung schlug sie den „Basiskommentar Steuerrecht" auf, eines von vielen Büchern, mit denen sie für ihre Steuerberaterprüfung lernte.

Komm, streng dich an! Du kannst das! ermahnte sie sich selbst.

Als ihr eine Stunde später fast die Augen zufielen, erinnerte sie sich an ENTRAIL. Was machte die Firma überhaupt? Das Internet gab wenig Auskunft. Nur, dass ENTRAIL offenbar ein Tochterunternehmen von einer Firma namens *Peaceful Waters* war. Hierbei handelte es sich um ein vor drei Jahren gegründetes Start-up-Unternehmen, mit der Geschäftsidee, mit Hilfe von Hightech-Membranen sauberes Trinkwasser zu gewinnen. Auf drei Seiten wurde Grundsätzliches über die Prozesse referiert, was dem Ganzen einen seriösen Touch gab. Aber für technisch so Unbegabte wie sie war es nicht richtig zu verstehen. Über ENTRAIL selbst war hingegen nichts weiter zu finden.

Meret griff nach den Unterlagen, die sie sich bei Markus Dompfke ausgedruckt hatte. Zahlen übten eine geradezu belebende Wirkung auf sie aus. Sie studierte das Buchungsjournal, in dem alle ausgehenden und eingehenden Zahlungen der Firma aufgelistet waren. Je tiefer Meret in die Materie drang, desto klarer wurde ihr, dass Markus Dompfke den richtigen Riecher gehabt hatte: Etwas stank gewaltig bei *Sielich & Söhne*.

VICTORIA

Etwa zur selben Zeit führte Urs Rüggeli in seinem angemieteten Haus ein Bildtelefongespräch über Skype mit Victoria Konrady in Paris. Dank winziger Videokameras konnten sich die beiden Gesprächsteilnehmer gegenseitig sehen.

„Urs, räumst du eigentlich auch mal auf? Oder machst du aus meinem Haus etwa einen Saustall?"

„Wieso? Das ist doch alles nur Papier!" Urs drehte sich um. Er sah bloß jede Menge Bücher und ein paar Zeitschriften, die auf dem Kiefernholzboden verstreut lagen. Weder gebrauchte Unterhosen noch getragene Socken konnte er entdecken. Alles im grünen Bereich also.

„Und in der Küche stehen schmutzige Teller und ungespülte Kaffeetassen rum. Der Tisch ist mit Kaffee bekleckert, Krümel liegen auf dem Fußboden ..."

„Das kannst du doch gar nicht sehen! Woher willst du das denn wissen?"

Victoria lachte koboldhaft. „Ich verwette meine Genesis-Sammlung darauf! Du versiffst mein vorbildlich gepflegtes Häuschen, du Schwyzer. "

„Benimmst du dich denn ordentlich in meiner Wohnung? Und vor allen Dingen weniger liederlich als neulich?“

„Olala! Isch leeebö wie ein Nonne!“, säuselte sie mit französischem Akzent und warf ihm einen koketten Blick zu.

Urs Rüggeli schmunzelte in sich hinein. „Auf deine Freundin könnte eine klösterliche Lebensweise schon eher zutreffen. Sie ist sehr scheu, oderrr?“

Victoria wurde ernst. „Ich bin mit dermaßen schlechtem Gewissen abgereist. Seit einiger Zeit ist sie so in sich gekehrt. Leicht depressiv, würde ich sagen. Dabei war sie früher eine ganz patente Geschäftsfrau und viel witziger …“

„Hat sie denn keinen Freund?“

Victoria seufzte. „Die Sache ist aus. Eigentlich wollten sie heiraten …“

„Was ist passiert?“

„Das Schwein hat sie übers Ohr gehauen. Sie hatte ihm vertraut. Und er hat ihr ganzes Geld in den Sand gesetzt. Ich sollte besser den Mund halten … Auf jeden Fall lässt sie sich gehen, aber das dürfen wir nicht zulassen. Die Frau braucht einen Verehrer. Lieber Urs, sei ein bisschen nett zu ihr, ja?“ Sie klapperte mit den Wimpern.

Diese Dame ist nicht nur ein Vollweib mit Charme und Humor, sondern auch noch ein feiner Kerl, fuhr es Rüggeli durch den Kopf. Hanka Lassalle dagegen ist von komplizierter Natur. Ihre körperlichen Reize – die knabenhafte Figur, die ewig langen Beine, die zarten Gesichtszüge, ihre vornehme Blässe – sind nicht augenfällig wie die von Victoria. Aber eigentlich ist es auch völlig egal, denn …

„Da werde ich keine Hilfe sein", sagte er mit fester Stimme und starrte in die kleine Kamera. „Keine Chance. Sie mag mich nicht."

Victoria verdrehte die Augen. „Hanka kann ein Eisblock sein. Die braucht jede Menge Wärme, dann taut sie auf ... Und was ist eigentlich mit diesem Mordfall?"

„Die Tote im Schlosspark? Das ist kein Mordfall. Ich habe vorhin mit einem Lokalredakteur vom Hamburger Abendblatt gesprochen. Ziemlich klare Geschichte. Selbsttötung."

„Schade ... Aber du hast doch Fantasie!"

„Ich schon. Mich inspiriert so was. Doch ich wüsste nicht, was eine Klavierlehrerin ..."

„Es wäre wirklich gut, wenn Hanka mal etwas anderes in den Kopf bekäme. Sie kreist immer nur um sich und bemitleidet sich selbst."

„Woody Allen!", brummte Urs Rüggeli.

„Wie bitte?"

„Denk an Woody Allen ... Denk an den großartigen ... Pass auf: In Manhattan Murder Mystery geht ein ganz normales Ehepaar auf Mörderjagd. Obwohl beim Nachbarn eine natürliche Todesursache diagnostiziert wurde, glaubt die Protagonistin – mir fällt ihr Name jetzt nicht ein – an Mord. Die Suche nach dem Täter bringt Pfiff in ihre Beziehung und in ihr langweiliges Leben!"

„Super! Ja! Mach das!"

„Wie?... Nein, so doch nicht. Du meinst, ich stelle zusammen mit deiner Freundin Nachforschungen an?"

„Ich bin mir sicher, es würde ihr guttun. Wenn ich bei euch wäre ..."

„Ehrlich gesagt, halte ich Hanka für zu intelligent, um so etwas Lächerliches in Erwägung zu ziehen."

„Du magst sie, sei ehrlich."

„Hast du mir zugehört? Das ist eine närrische Idee! Blöd von mir, so etwas überhaupt in den Raum zu werfen. Wirklich.“

„Wieso? Für dich ist so eine Mördersuche bestimmt sehr inspirierend. Du kannst daraus doch mal eben einen Roman machen.“

„Vicky. Am liebsten würde ich dir deinen Podex versohlen. Mal eben einen Roman schreiben! Den du ‚mal eben‘ ins Französische übersetzt?“

Victoria kicherte amüsiert.

„Wie läuft es mit Galine? Kommt ihr zurecht miteinander? “, wechselte Urs das Thema.

„Sie ist schwierig! Eine verquaste Person, die einen erstaunlich provokanten, aber stellenweise völlig abgefahrenen Text verfasst hat. Wie hast du es mit ihr so lange ausgehalten?“

„Gibt es denn andere Frauen als schwierige?“

„Lieber Urs. Tu dir nicht auch noch selbst leid.“

„Stimmt. Ein bisschen Farce täte mir auch ganz gut … Noch besser: Eine Komödie mit Thriller-Elementen. Wie bei Woody.“

„Bist du also dabei?!“

Das Bild von Victoria fror ein. Der Ton war plötzlich weg. Skype meldete eine Bild- und Tonstörung. Urs hatte wenig Lust, auf die Wiederherstellung des Gesprächs zu warten.

Er loggte sich aus.

TAG 2

DONNERSTAG

SALON HELLKAMP

Das Prozedere bei Hauben-Strähnchen ist fast schon als rabiat zu bezeichnen. Der Coiffeur (oder sein weibliches Pendant) stülpt der zu lebendigen Farbeffekten im Haar zu verhelfenden Kundin (oder dem Kunden) eine unkleidsame, durchsichtige Plastikhaube über den Schopf und verknotet das Kopftuch nach Art des Rotkäppchens unterm Kinn. Dabei wird peinlichst darauf geachtet, dass möglichst keine Luft mehr an die Kopfhaut dringt. Die Kundin fühlt sich vakuumverpackt. Dieser Zustand ist allerdings nicht von Dauer. Denn nun zückt der Maestro sein Handwerkszeug – eine Häkelnadel (tatsächlich, ja) – und beginnt mit höchster Konzentration ein Loch nach dem anderen in das Plastik zu rammen, bis er geschickt Strähnchen um Strähnchen von jenseits der Plastikabdeckung ins diesseitige Freie befördert hat. Damit ist er eine ganze Weile beschäftigt bis zig Löcher in die Folie gebohrt sind. Wenn die Kundin aussieht wie eine Comicfigur, die gerade eine Explosion überlebt hat, ist er zufrieden.

All dies ging Hanka Lasalle, auf dem Frisierstuhl im Salon Hellkamp sitzend, durch den Kopf. Ihre Haare standen höchst unkleidsam zu Berge.

„Olli! Es ziept!", beschwerte sie sich beim Friseur ihres Vertrauens.

„Wir haben es gleich geschafft." Unbeirrt zog Oliver Hellkamp eine weitere straßenköterbraune Haarsträhne durch die Folie. „Hast du den Artikel über die Tote im Schlosspark gelesen? Ist das nicht gruselig?"

Hanka durchfuhr ein inneres Frösteln. Warum musste er sie an die Tote erinnern?

„Eine Spaziergängerin hat die Leiche gestern Morgen gefunden. Wenn ich mir vorstelle, mir wäre so was passiert! Ich hätte mich glatt zu Tode gegruselt", warf die Auszubildende Nadja, die gerade ein paar Haarleichen zusammenfegte, ein.

„Furchtbar, oder? Als Vater mach ich mir da schon meine Gedanken", sagte Hellkamp, „Michelle ist gestern zur Schule durch den Schlosspark geradelt. Und die Leiche lag keine paar Meter von ihr entfernt!"

Hanka hatte sich hinter einem Glamourmagazin verschanzt und verzichtete darauf klarzustellen, dass die Frau zu diesem Zeitpunkt noch gelebt hatte.

„Kannst du die Frisur diesmal ein bisschen frecher machen als sonst, Olli?", wechselte Hanka schnell das Thema. Für gewöhnlich ließ Hellkamp sich leicht ablenken.

„Oha! Du traust dich endlich mal was. Wie viel darf denn ab?"

„Raspelkurz soll es nicht sein."

„Verlässt dich dein Mut schon jetzt? Ich stuf es durch. Und dann stylen wir es mit Gel richtig flott. So wie bei dieser Fernsehmoderatorin. Die mit den ganz dunklen Haaren und den vielen Tattoos. Du weißt schon."

„Super."

„Ich rühr mal eben deine Farbe an", verkündete der Friseur. In diesem Augenblick öffnete sich die Ladentür. Eine Pagenkopfträgerin mittleren Alters betrat den Salon.

Hellkamp schaute auf die Uhr. Er wirkte verärgert: „Ich frage mich, wo Tanja bleibt. Die wollte doch eben nur kurz zur Post gehen. Dieses Weib strapaziert meine Gutmütigkeit. Echt unverschämt.“

Als Stammkundin kannte Hanka die – sorgsam wie sprödes Haar gepflegte – Hassliebe zwischen Oliver Hellkamp und seiner temperamentvollen Gesellin Tanja.

„Hattest du sie nicht erst neulich mal wieder gefeuert?“, fragte sie.

Aber der Friseur kümmerte sich bereits um die neue Kundin. „Guten Tag, Frau Schepers. Der Ansatz ist mal wieder fällig, nich´? Momentchen, dann geht´s bei Ihnen los. Die Tanja ist gleich für Sie da …“, Hellkamp half dem Pagenkopf aus der Jacke. „Ist das nicht absolut furchtbar mit der Leiche im Schlosspark!“

Frau Schepers murmelte etwas Bestätigendes. Sie nahm auf dem zierlichen Sessel Platz, der für Zeiten des Wartens bereit stand.

„Am helllichten Tag! Mitten unter uns!“, setzte Hellkamp nach.

Hanka wurde leicht übel. Sie hatte gehofft, sich beim Friseurbesuch zu entspannen. Und jetzt das!

„Nun ja, so viel ist werktags normalerweise im Schlosspark gar nicht los“, bemerkte Frau Schepers trocken.

„Sagen Sie mal“, ließ der Friseur nicht locker. „Ihr Sohn ist doch bei der Polizei? Weiß man schon, wer die Tote war?“

„Von hier ist sie jedenfalls nicht gewesen.“ Frau Schepers suchte auf dem Zeitschriftenstapel nach einem Magazin.

„Und der Mörder läuft frei herum!“, echauffierte sich Oliver Hellkamp.

„Wieso Mörder? Man geht von Selbstmord aus", sagte Frau Schepers. „Aber da muss erst noch die Obduktion abgewartet werden. Das kann dauern."

Selbstmord, Selbstmord, Selbstmord ... das hässliche Wort dröhnte in Hankas Kopf.

„Mensch, Frau Schepers, Sie kennen sich ja richtig gut aus", lobte Hellkamp.

Die Kundin vertiefte sich in ein Modemagazin. Endlich hatte Hellkamp begriffen. Er verzog sich in seine Chemikalienecke. Einige Minuten später tauchte er mit Farbtiegel und Pinsel in der Hand bei Hanka auf.

Sie schloss die Augen, während der Friseur Strähne um Strähne mit einer stechend riechenden Masse bestrich.

LOMBARDSCHE TREUHAND

Die *Lombardsche Treuhand* residierte in einer prächtigen Alstervilla aus der Gründerzeit. Das gesamte Ambiente strahlte hanseatische Gediegenheit, Zuverlässigkeit und gerade richtig temperierte Noblesse aus.

Fünf gleichberechtigte – männliche – Partner bildeten die Geschäftsführung der renommierten Wirtschaftsprüfungsgesellschaft. In der Hierarchie folgten weitere fünf fest angestellte Wirtschaftsprüfer, darunter Stefan Grünhauer, ihr direkter Vorgesetzter. Während diese Zehn jeder ein Einzelbüro besaßen, teilten sich die Prüfungsleiter jeweils zu zweit ein Zimmer. Richtig bescheiden traf es das „Fußvolk", wie Meret insgeheim das Heer der Prüfungsassistenten, Junior- und Seniorprüfer nannte. Weil sie die meiste Zeit über bei Mandanten verbrachten und dadurch nur sporadisch in der Alstervilla zu tun hatten, war es ökonomisch sinnvoller, ein gemeinsames Zimmer zu nutzen. Im Prüferzimmer verfügte niemand über einen eigenen

110

Schreibtisch. Für persönliche Sachen stand jedem Mitarbeiter lediglich ein Rollcontainer zu. Meret Reinerts sehnte sich danach, ein Arbeitszimmer für sich allein zu haben. Es war für sie ein weiterer Ansporn, sich anzustrengen und so schnell wie möglich in der Hierarchie aufzusteigen.

Als Meret morgens in den noch unbesetzten Raum kam, schob sie als erstes ihren Rollcontainer zu einem der unbenutzt aussehenden Schreibtische. Dann tippte sie ihren Zugangscode in das Tastentelefon, was für die Telefonzentrale das Signal bedeutete, dass sich die Seniorprüferin Reinerts momentan im Büro aufhielt. Als nächstes rief sie bei Stefan Grünhauer an. Sie konnte es kaum abwarten, endlich mit ihrem Vorgesetzten über *Sielich & Söhne* zu sprechen. Ihre wiederholten Versuche, Stefan Grünhauer zu erreichen, liefen jedoch allesamt ins Leere. In der Telefonzentrale hieß es, er nehme einen privaten Termin wahr. Meret versuchte es mit Anrufen auf sein Handy, mit SMS-Nachrichten, WhatsApp und E-Mails. Keine Reaktion! Gegen elf Uhr gesellten sich Johannes Weiner und Wanja Weber zu Meret ins Prüferzimmer. Aufgrund einer gewissen Unzertrennlichkeit und wegen ähnlich hellblonden Haarschöpfen wurden die beiden Prüfungsassistenten intern als „Weiner-und-Weber-Zwillinge" bezeichnet.

„Der Grünhauer verbringt den ganzen Vormittag auf dem Golfplatz. Irgendein US-Profitrainer gibt ein paar Übungsstunden im Club. Das wollte Grünhauer nicht verpassen ...", wusste Weiner.

„Woher hast du das?", sagte Meret gereizt. Sie hatte eine Allergie gegen inoffizielle Verlautbarungen über das Tun und Lassen der Führungsriege ihrer Firma entwickelt. Der sogenannte Flurfunk gehörte zum Büroalltag, das war ihr schon klar, aber eigentlich entsprachen Getuschel und der Weitertransport von Gerüchten weder ihrem Charakter noch ihrer Auffassung von professioneller Arbeit. Michel, ihr Ex, hatte ihr oft vorgehalten moralisch viel zu streng zu sein. „Bleib locker!", war in der Endphase ihrer Beziehung sein Lieblingsrat an sie gewesen.

„Wir haben gestern ein bisschen über den Grünen Sport mit ihm gefachsimpelt. Da steht er völlig drauf", sagte Weber in ihre Gedanken hinein.

„Du solltest dich auch endlich mal zum Probetraining anmelden. Ist gar nicht mal so übel", riet Weiner.

Meret konnte es nicht fassen: Es war Hauptprüfungszeit! Sie alle standen unter extremem Termindruck! Und Grünhauer spielte Golf!

„Unsere Meret würde eine gute Figur machen beim Golf, was meinst du, Johannes?", fragte Wanja Weber.

Meret sah ihn verärgert an. „Habt ihr eigentlich nichts zu tun, Jungs? Ich würde jetzt gerne weiter machen …"

Kurz vor Mittag tippte sie zum x-ten Mal Grünhauers hausinterne Durchwahl in ihren Apparat. Dieses Mal hatte sie endlich Glück …

URS RÜGGELI

Als Hanka den Friseurladen verließ, fühlten sich ihre kurzen, gestuften Haare schön leicht auf dem Kopf an. Sie blieb vor der Eingangstür stehen und sah enttäuscht in den Nieselregen. Gift für jede Frisur! Aber die Kapuze aufzusetzen, wäre auch ein Fehler. Oliver Hellkamp hatte zu viel Mühe und Verve investiert. Seufzend hielt sie sich ihre Handtasche über den Kopf. Das sah entsetzlich dämlich aus. Egal.

Zügig marschierte sie die Klaus-Groth-Straße entlang. Früher, wenn sie mit ihrer Mutter unterwegs gewesen war, waren sie im Stadtzentrum oft Bekannten und Freunden über den Weg gelaufen. Ein Plausch zwischendurch, ein kurzer, aber präziser Austausch von kleinstädtischem Klatsch – welch ein Genuss für Agnes Lasalle! (Es hatte so viele kostenlose Dinge gegeben, bei denen ihrer Mutter warm ums Herz geworden war.)

In Gedanken bei ihrer verstorbenen Mutter bog Hanka in die Rathausstraße ein. Sie steuerte auf ein weißes, klobiges Gebäude mit vielen Fenstern zu.

*

In der Stadtbücherei studierte Hanka Lassalle die Buchrücken, die im Regal mit den Krimis unter dem Buchstaben R aufgereiht waren. Ian Rankin, Ulrich Ritzel, Karen Rose, Ulrike Rudolph.

Urs Rüggeli fehlte.

Möglicherweise verliehen.

Eventuell ein viel zu kleines Licht am Schriftstellerhimmel.

Victoria hatte erwähnt, dass ihr Wohnungstauschpartner ein recht erfolgreicher Autor war, preisgekrönt. Sogar Krimis fürs Fernsehen habe er geschrieben! Seit einem Jahr hat er jedoch kaum eine Seite verfasst. Schreibblockade! Durch den Ortwechsel erhofft sich der Mann neue Impulse.

Nun war Hanka neugierig, ob seine Werke es in die Ahrensburger Stadtbibliothek geschafft hatten. Nicht, dass sie die Schlossstadt an Hamburgs östlicher Peripherie für den Nabel der Welt hielt. Weiß Gott nicht …

„Suchen Sie mich?", riss eine raue männliche Stimme Hanka aus ihren Gedanken.

Sie kreischte leise auf.

„Erschrecken Sie mich doch nicht so! Wieso pirschen Sie sich an mich heran? Also, wirklich …“

„Nichts da! Ich stehe hier schon drei Minuten neben Ihnen. Sie waren derartig versunken in das Studium der Titel … Schauen Sie einmal hier, was ich gefunden habe.“

Stolz präsentierte ihr der Reihermann ein schmales Buchexemplar: *Flüchtige Verbindung, Liebesroman, Urs Rüggeli.*

„Schauen Sie, die Ahrensburger Stadtbücherei hat mich da!“

„Allerdings sind Sie hier!“ Hanka nahm ihm das Buch ab. Sie verzog das Gesicht. „Ich denke, Sie schreiben Krimis.“

„Auszuschließen ist es nicht.“ Urs Rüggeli sah sie belustigt an. „Trinken Sie einen Café Crème mit mir?“

„Was?“

„Ich lade Sie hiermit ins Café ein.“

Ihr fiel keine Ausrede ein, warum sie ihn nicht begleiten sollte. Außerdem verspürte sie Kaffeedurst.

Draußen blinzelte sie in die Sonne. Das Grau hatte sich endlich gelichtet. Blauer Himmel, wie schön! Hanka fühlte sich plötzlich seltsam zufrieden.

Sie verharrten einen Moment lang auf dem Rathausvorplatz. Bei den meisten Einheimischen galt die gesamte Bebauung rund um den Rathausmarkt als wenig gelungen. Die Wohn- und Geschäftshäuser versprühten den Charme von Plattenbauten, obwohl man sie in den letzten Jahren – redlich bemüht – optisch aufgepeppt und renoviert hatte. Der Platz selbst wurde, wenn nicht gerade Wochenmarkt war, zum Parken genutzt. Eine funktionelle, aber keineswegs optisch attraktive Lösung.

„Wie kommt man überhaupt auf die Idee, einer Stadt wie Paris den Rücken zu kehren, um monatelang in Ahrensburg zu leben?"

„Zufall, oderrr. Die Vicky wird´s Ihnen wohl erzählt haben?"

„Vickys Version kenne ich. Wie ist denn Ihre?"

Der Reihermann lachte in sich hinein. „Meine Geschichte ist folgende: Galine Custard ist eine enge Freundin von mir. Sie wusste von Vickys Wunsch, in Paris an der Übersetzung zu arbeiten. Außerdem wusste sie, dass ich gerade einen Durchhänger habe. Ein Szenenwechsel schien angebracht. Et voilá. Da bin ich."

„Warum sind Sie nicht in die Schweiz gefahren? Dort haben Sie doch bestimmt Freunde oder Familie?"

„Eben darum. Das Zusammentreffen mit guten Freunden und mit der Familie genieße ich sehr. Aber nicht, wenn ich arbeiten muss."

„Sagen Sie bloß, Ahrensburg und der Norden inspiriert Sie?"

„Natürlich." Der Reihermann zeigte in Richtung Rathausstraße. „Ich glaube, am Rondeel hat es Cafés."

*

Sie saßen sich relativ dicht gegenüber an dem kleinen Holztisch im Café Caligo. Zu Hankas Überraschung fühlte sie sich ganz wohl mit dem Reihermann. Sie sprachen über Literatur und entdeckten eine gemeinsame Vorliebe für die Romane von Alex Capus. Sie redeten über Kinofilme und fanden heraus, dass sie beide Woody Allen bewunderten. Der Reihermann interessierte sich für Musik. Swing und Jazz mochte er. Und Mozart, Mozart, Mozart!

Außerdem – und auch hier ging er d`accord mit Hanka – Klaviermusik, komponiert von César Franck.

„Konzertpianistin zu werden war mein Kindheitstraum", erzählte Hanka. „Aber dafür hätte mein Können leider nie und nimmer ausgereicht. Immerhin habe ich eine so gute Ausbildung genossen, dass ich jetzt Klavierunterricht geben kann. So hat eben alles im Leben einen Sinn. Oder, was meinen Sie?"

„Es ist jedenfalls ein tröstlicher Gedanke." Urs Rüggeli lächelte mit geschlossenem Mund. Hanka war sich plötzlich nicht sicher, ob sie seine Zähne überhaupt schon einmal gesehen hatte. Vielleicht hatte er Mäusezähnchen. Die Schweizer haben ja insgesamt überdurchschnittlich gute Gebisse. In dem Alpenland hat man schon vor langer Zeit begonnen, dem Trinkwasser Fluorid beizusetzen.

„Sie sehen hübsch aus mit der frechen neuen Frisur." Der Reihermann hatte sich offensichtlich ebenfalls gedanklich mit Hankas Aussehen beschäftigt.

Sie fasste sich ins Haar. „Ach das! Haben Sie´s bemerkt! Ich war heute Vormittag beim Friseur. Helle Strähnchen. Danke fürs Kompliment ..." Sie konzentrierte sich auf das Verrühren ihres Cappuccinoschaums.

„Tragische Sache, die sich da im Ahrensburger Schlosspark ereignet hat. Schon gehört?", sagte er in die langsam ungemütlich werdende Stille hinein. „In der örtlichen Zeitung steht ein Artikel über die Tote. Es ist von einer 35jährigen Hamburgerin die Rede ..."

Hanka hörte nicht so genau hin. Sie schüttete sich noch mehr Zucker in die Tasse. Richtig schön süß mochte sie Kaffee am liebsten.

Plötzlich horchte sie auf: „Ich kann mir kein Motiv vorstellen, warum sich eine anscheinend ortsfremde Frau eine Parkbank in Ahrensburg aussucht, um ihrem Leben von eigener Hand ein Ende zu setzen", sagte der Reihermann. "Höchst seltsam. Ich habe vor, mich mal im Schlosspark umzuschauen. Mögen Sie mich eventuell begleiten?"

"Wieso ich?", fragte Hanka leicht panisch.

"Sind Sie ein scheues Reh!", der Reihermann lachte wieder in sich hinein, so dass sein schmaler Brustkorb vibrierte. "Sie brauchen einen Grund für einen Spazierweg zu zweit? Weil es herrliches Wetter hat! Weil ich mich über eine ortskundige Begleitung freuen würde ..."

Hanka stand so abrupt auf, dass der kleine Tisch wackelte.

"Ich gehe nicht in den Schlosspark! Unter keinen Umständen! Danke für den Kaffee. Ich muss los ...", sie raffte ihre Lederhandtasche und ihre Jacke eilig zusammen und ließ den Reihermann sprachlos sitzen. Sollte er doch von ihr denken, was er wollte! In drei Monaten war er ohnehin wieder fort. Reine Zeitverschwendung, sich mit ihm anzufreunden.

*

Der Reihermann witterte Stoff für einen Kriminalroman! Nach dem seltsamen Caféhausgespräch ging Hanka innerlich aufgewühlt durch die Straßen. Überall glaubte sie Leute über die Tote im Schlosspark tuscheln zu hören. Das Unglück einer fremden Frau war zum Stadtgespräch geworden. Sogar heute Morgen im Salon Hellkamp, als sie sich die neue Frisur zugelegt hatte, waren Rolf Hellkamp und seine Kunden in wilde Spekulationen über die Tote verfallen.

Und auch Vicky im freiwillig gewählten Pariser Exil hatte genussvoll an Mordtheorien gesponnen. Der grüne Mann muss identifiziert werden, hatte sie im Brustton der Überzeugung gemeint.

Ein Mörder in grüner Regenjacke! Wie prosaisch. Womöglich waren alle Zweifel albern und völlig aus der Luft gegriffen, trotzdem ahnte Hanka, sie würde nicht zur Ruhe kommen, solange sie die Beweggründe der Frau sich etwas anzutun, nicht kannte.

GRÜNHAUER

Stefan Grünhauer rollte mit seinem Schreibtischstuhl ein Stück nach links und schnappt sich das klingelnde Telefon. „Überaus wichtig? Na gut, Frau Reinerts, dann kommen Sie sofort rüber zu mir." Er ließ den Hörer zurück auf die Gabel gleiten. Dann wiegte er seinen Nacken vorsichtig in alle Richtungen. Verdammte Überdehnung! Möglicherweise hatte er es doch etwas übertrieben beim Golftraining. Dabei war noch längst nicht Feierabend. Am späten Nachmittag würde Grünhauer bei einem Meeting mit einem wichtigen Mandanten in Frankfurt erwartet werden. Ein schnelles Mittagessen also, und dann ab mit dem Taxi zum Flughafen. Eigentlich genug Stress für heute, dachte er. Blöderweise hatte sich jetzt auch noch diese veritable Nervensäge Meret Reinerts bei ihm gemeldet – um fünf Minuten vor eins! Na, Mahlzeit!

Er hatte sich nicht darum gerissen, die Reinerts in sein Prüfungsteam aufzunehmen, man hatte sie ihm geradezu aufgeschwatzt. Sie war eine Mitarbeiterin mit dem gewissen Zuviel: Überambitioniert, übermotiviert, überintelligent (1er Abitur selbstverständlich) und – Stefan Grünhauer grinste vor sich hin – sie war übermäßig sauer, weil sie bei der Beförderung in diesem Jahr übergangen worden war.

Typischerweise fühlte sie sich nach einer derartigen Schlappe noch stärker angestachelt.

Er stützte die Ellenbogen auf die Schreibtischplatte und rieb sich die Schläfen. In dem kurzen Telefonat hatte die Reinerts von irgendwelchen Problemen bei *Sielich & Söhne* gequatscht.

Stefan Grünhauer kannte die alteingesessene Hamburger Im- und Exportfirma aus dem Effeff. Seit zwanzig Jahren arbeitete er bei der *Lombardschen Treuhand* am linken Alsterufer und fast ebenso lange prüfte er bei *Sielich & Söhne* den Jahresabschluss.

Es klopfte.

Meret Reinerts – in Grünhauers Augen übergroß und überschlank – trat in sein Büro.

„Bitte", bot er ihr einen Platz an. „Wie gesagt, ich habe wenig Zeit ..."

„Die Sache lässt sich ziemlich schnell auf den Punkt bringen", sagte Meret Reinerts. „Ich habe bei den Eingangsrechnungen von Sielich Unregelmäßigkeiten bemerkt. Es gibt unplausible Zahlungen an eine Firma namens ENTRAIL aus Hannover. Insgesamt beläuft sich die gezahlte Summe auf rund 350.000 Euro. Die Beträge liegen zwischen 1.000 und 19.000 Euro. Hören Sie mir überhaupt zu?"

„Ja, ja." Grünhauer nickte und löste sich widerwillig von seinen E-Mail-Nachrichten.

„Die Kontoverbindung ist immer dieselbe", fuhr sie fort. „Das Auffällige daran: Die Rechnungsgrundlage differiert. Die Firma bietet von nicht näher definierter Beratungstätigkeit über Werbeartikel und Catering bis zur Lieferung von Toilettenpapier alles Mögliche an."

Sinnend betrachtete Grünhauer das schmale Gesicht seiner Mitarbeiterin. Ihre Wangen glühten vor Übereifer. Mach mal halblang, Rotbäckchen, dachte er.

Dann riet er ihr: „Aber Frau Reinerts! Immer mit der Ruhe."

„Die Sache stinkt!"

„Machen Sie die Pferde nicht gleich scheu." Grünhauers Magen knurrte fordernd.

„Laut Internet betreibt die Firma gar kein operatives Geschäft! Eigentlich macht sie gar nichts. Sie ist die Tochter von einem Start-up-Unternehmen, das in der Hafen City ansässig ist. Ich habe herausgefunden, dass die Mutter-Firma sich mit innovativer – Schrägstrich – alternativer Hightech-Trinkwassergewinnung beschäftigt. Wieso liefern die dann Klopapier und sowas über eine obskure Tochterfirma?"

„Für das alles finden wir sicher eine Erklärung …" Grünhauer zog seine Jacke über dem Bauch zusammen.

Kritisch registrierte er die fast trotzige Art, auf der seine junge Mitarbeiterin ihren Kopf schüttelte. Fehlt nur noch, dass die Reinerts mit dem Fuß aufstampft, dachte er.

„Im Handelsregister ist ENTRAIL auch nicht eingetragen", sagte sie. „Die Firmenanschrift habe ich bereits überprüft. Die Adresse existiert zwar, …"

„Na, sehen Sie!" Grünhauer zog seine Jacke über dem Bauch zusammen.

„… es könnte sich aber um eine Briefkastenfirma handeln."

Grünhauer strich sich über den grummelnden Magen. „Haben Sie die Originalrechnungen bereits eingesehen, Frau Reinerts?"

„Ich wollte die Angelegenheit zuerst mit Ihnen besprechen, Herr Grünhauer."

„Konzentrieren Sie sich erstmal auf unseren eigentlichen Prüfungsauftrag. Wenn es Sie beruhigt, können Sie sich danach um Ihre Sache da kümmern …"

„Meine Sache da?", Meret schnappte nach Luft. „Es wäre fahrlässig, nicht weiter zu recherchieren. Ich …"

„Finden Sie meinetwegen heraus, wer die Zahlungen bewilligt hat", unterbrach Grünhauer sie. „Ich bin mir sicher, die Angelegenheit wird sich aufklären. Aber vertrödeln Sie nicht so viel Zeit. Ich habe Sie schon für das Shell-Team eingetragen"

Er stand auf. Auch Meret Reinerts erhob sich vom Stuhl. Sie überragte den Prüfungsleiter um anderthalb Köpfe. Er zupfte an seiner Krawatte.

„Na, dann Mahlzeit." Grünhauer zögerte kurz. „Kommen Sie mit zum Essen?"

Meret nestelte am Kragen ihrer dezent gestreiften weißen Bluse. „Nettes Angebot. Danke", lehnte sie höflich ab. „Aber ich esse nur einen Joghurt am Schreibtisch. Ich hab noch zu tun."

Du profiliersüchtiger Hungerhaken, dachte Grünhauer.

*

Saftsack!

Mit unterdrückter Wut schloss Meret die Bürotür hinter sich. Mal wieder hatte sie das Gefühl, von Grünhauer hängen gelassen zu werden. Warum ermunterte und förderte er sie nicht? Konnte er es nicht ertragen, dass sie mehr für sich anstrebte als das übliche Mittelmaß? Mit Ende vierzig war Grünhauer ganz oben auf seiner persönlichen Karriereleiter angekommen. Ihretwegen konnte er auf diesem Posten bis zu seiner Rente ausharren. Aber es war einfach ungerecht, motivierte Mitarbeiter wie sie auszubremsen.

Sie stieß die Luft aus. Es war zermürbend. Sich über Grünhauer aufzuregen brachte ebenso wenig, wie auf die politische Durchsetzung der Frauenquote zu hoffen, von der sie sowieso nicht besonders viel hielt. Es würde ihr nichts anderes übrigbleiben, als sich irgendwie durchzuboxen.

Immerhin, tröstete sich Meret, die *Lombardsche Treuhand* war als Arbeitgeberin eine der ersten Adressen in der Branche.

Ich bin hier richtig, versicherte sich Meret selbst.

Sie drückte ihren Rücken durch, straffte sich und setzte sich in Bewegung in Richtung Prüferzimmer. Allein die weitläufigen Flure mit den edlen Marmorböden und den geschmackvollen Seidentapeten waren eine Augenweide. Im Kristall der Kronleuchter fing sich das durch hohe Rundbogenfenster hereinströmende Tageslicht.

Dann eben ohne Grünhauers Unterstützung! Sie war fest dazu entschlossen, der Sache mit ENTRAIL und *Peaceful Waters* auf den Grund zu gehen.

Als erstes wollte sie bei *Sielich & Söhne* mit der Chefsekretärin Jana Berginski reden. Sie hatte sämtliche Rechnungen an ENTRAIL abgezeichnet. Vieles davon fiel in den Bereich Verwaltung, den eigentlich Doris Kaak bearbeitete. Es war zu klären, wieso die ENTRAIL-Rechnungen nicht über den Arbeitsplatz der Teamsekretärin gewandert waren, sondern über Jana Berginski gelaufen waren. Möglicherweise eine Chefsache, von der Doris Kaak nichts wissen sollte, und die deshalb über die Berginski ausgeführt worden war.

Wenn es sein musste, würde Meret wieder bis in den späten Abend bei *Sielich & Söhne* hocken. Aller Wahrscheinlichkeit nach zusammen mit Doris Kaak. Meret dachte an Markus Dompfkes Sicht auf seine Kollegin

Kaaki. Der Buchhalter hegte den Verdacht, dass seine Kollegin in irgendeinem Schrank in ihrem Büro ein Klappbett verbarg, auf dem sie nächtigte. Diese Vorstellung trieb Meret ein Lächeln auf die Lippen. Grinsend betrat sie das Prüferzimmer. Ihre beiden jungen Kollegen befanden sich gerade im Aufbruch.

„Hey Sonnenschein", sagte Weiner gönnerhaft. „So guter Laune? Sag bloß, der Grünhauer hat dich befördert."

Meret zog eine Grimasse.

„Mahlzeit, Meret", wünschte Weber gutmütig lächelnd. „Kommst du mit auf ´ne Pizza bei Enzo?"

„Heute nicht. Ich geh gleich rüber zu Sielich in die Speicherstadt." Meret setzte sich auf den Platz, der momentan ihrer war.

„Sag mal, wie lange ist die Vosskuhle eigentlich noch krank?", fragte Weber und erinnerte sie damit an die junge Prüfungsassistentin Simona Vosskuhle, die Meret eigentlich seit einer Woche beim Prüfungsauftrag *Sielich & Söhne* unterstützen sollte. Meret sehnte sich keineswegs nach Simona.

Bevor sie jedoch antworten konnte, verfiel Robert Weiner in ein meckerndes Lachen. „Am ganzen Körper rote Pusteln! Stellt euch das mal vor ..." Er zwinkerte Weber zu. „Und wenn die sich kratzt, kommt die womöglich narbengesichtig zurück ins Büro ..."

„Bei Windpockenbefall bleibt man vierzehn Tage zu Hause. Bei Kindern ist das jedenfalls so, glaube ich", sagte Meret zu Konstantin Weber. Persönlich hatte sie bisher noch nichts von Simona Vosskuhle gehört, was kein Wunder ist, da die Vosskuhle sie nicht ausstehen konnte.

„Brauchst du tatkräftigen Beistand bei Sielich? Vielleicht kann Grünhauer mich dafür abstellen ...", bot Weber an. Er lächelte zurückhaltend.

„Hey Weber, bist du unterbeschäftigt oder was? Wir haben alle Hände voll mit Wülli zu tun!", protestierte Weiner lautstark und meinte damit ihren Prüfungseinsatz bei der *Wüllenweber AG.*

Eine Sekunde lang wartete sie auf Konstantin Webers Protest, aber der traute sich nicht gegen seinen „Zwillingsbruder" aufzubegehren. Der Weber ist nett, dachte Meret. Leider zu nett.

„Keine Angst, Männer. Ich komme bestens ohne eure Hilfe klar. Danke!"

Sie war froh, als Weiner und Weber sich verzogen. Einen Moment lang genoss sie die Stille. Möglichst bald ein Zimmer für sich allein zu haben, war für sie ein zusätzlicher Ansporn sich anzustrengen, um so schnell wie möglich in der Hierarchie aufzusteigen. Sie war außergewöhnlich gut in ihrem Job und weiter als zum Beispiel „W&W". An den älteren, gleichermaßen hochmotivierten, tüchtigen Kolleginnen konnte sie jedoch sehen, dass es bis dato allen weiblichen Mitarbeitern verwehrt geblieben war in den erlauchten Kreis der Partner aufzusteigen.

Sie kramte in ihrer Aktentasche nach einem Apfel und biss krachend hinein.

DIE KLAVIERSCHÜLERIN

Im 45-Minuten-Takt gaben sich Hankas Klavierschüler – Kinder und Jugendliche im Alter von fünf bis 18 Jahren – an diesem Nachmittag die Klinke in die Hand. Ein bunter Reigen unterschiedlicher Talente und Charaktere. Um 17 Uhr, Hanka hatte sich gerade mit einem doppelten Espresso erfrischt, stöckelte Michelle Hellkamp, die Tochter von Hankas Friseur, auf teuflisch hohen Absätzen ins Musikzimmer.

„Die sind nagelneu. Ich mach nichts schmutzig", entschuldigte sich die Sechzehnjährige.

„Wow!", sagte Hanka.

Graziös wie keine Zweite nahm Michelle auf dem Klavierschemel Platz. „Zum Üben bin ich diese Woche leider nicht gekommen", sagte sie zerknirscht mit ihrer Jungmädchenstimme. „Viel zu viel zu tun für die Schule. Mathe und so."

Hanka sah Oliver Hellkamps Tochter sinnend an. Ein Versuch wäre es wert …

„Michelle, was mir gerade einfällt", sagte sie. „Du bist doch an dem Tag, als man die Leiche gefunden hat, im Schlosspark gewesen? … Sind dir da irgendwelche Leute aufgefallen?"

„Nö. Das hat mich Papa auch schon gefragt."

„Wirklich nichts und niemand? Schade." Hanka schlug eine Seite im Notenheft auf: „Yesterday" von den Beatles. „Wollen wir anfangen?"

Aber Michelle machte keinerlei Anstalten mit dem Musizieren zu beginnen. Sie zog zwei dicke Strähnen ihrer langen blonden Haare glatt. Sie sah aus, als würde sie scharf nachdenken.

„Obwohl …", sagte sie gedehnt. „Am Marstall ist uns eine komische Frau aufgefallen, die einem Fahrradfahrer fast vors Rad gelaufen ist. Der musste richtig scharf abbremsen wegen der Tuss… Frau."

Hanka konnte mit dieser Information wenig anfangen. Es war Jörn-André Vagt, der sie interessierte. Oder wenigstens der Typ in der grünen Jacke. Dennoch fragte sie: „Kanntest du die Frau?"

„Nö. Kundin bei Hellkamp ist die bestimmt nicht."

„Wieso?"

„Papa hätte der Frau längst diese unfassbar unmoderne Dauerwelle ausgeredet."

„Kinnlang?"

„Schulterlang."

„Blond?"

„Ausgewaschenes mahagonibraun. Ohne Highlights. Höchste Zeit für eine frische Tönung, würde ich sagen … Deine Haare sehen übrigens super aus! Die Strähnchen machen dich jünger."

Hanka lachte. Ganz die Tochter ihres Vaters, dachte sie. Am Piano war die Sechszehnjährige zwar weniger talentiert, aber sie hatte ein gutes Auge für Details. Vermutlich würde sie eine formidable Friseurin oder Maskenbildnerin abgeben. Aber statt eine praktische Ausbildung anzugehen, die ihr lag, musste sich das Mädchen mit höherer Algebra herumplagen. Mit unterdurchschnittlichem Erfolg, wie Hanka wusste.

IM KONTOR

„Ich brauche die Akten mit den Originalrechnungen der letzten vier Jahre an Sielich." Meret Reinerts blickte auf die Regalwand aus hellem Holz im Zimmer des Buchhalters.

„Hast du das Buchungsjournal durchgesehen? Auffällig, oder?" Markus Dompfke wirkte zufrieden. Er wandte sich dem Regal zu und zog drei Leitzordner hervor. „Das wäre ein Anfang. Wenn du noch mehr brauchst, muss ich ins Archiv gucken. Auch kein Problem."

„Prima." Meret freute sich einmal mehr über die problemlose Kooperationsbereitschaft von Dompfke.

Er drückte ihr die Akten in die Arme. „Damit bist du erstmal eine Weile beschäftigt. Wenn du Fragen hast – jederzeit!"

Sie fühlte das Bedürfnis, etwas von seiner Freundlich-
keit zurück zu geben. „Wie geht es eigentlich Frau
Berginski?", erkundigte sie sich. „Hattet Ihr einen netten
Abend?"

Er zuckte resigniert mit den Achseln. „Sie hat mir gar
nicht geöffnet. Entweder es geht ihr grottenschlecht oder
sie will Ruhe vor mir haben ..."

„Lade sie doch schick zum Essen ein, wenn sie wieder
fit ist. Dann sprecht ihr euch mal so richtig aus ..." riet Meret aufmunternd. Nach ihrer persönlichen Meinung konnte
es kein Dauerzustand sein, wenn zwei Mitarbeiter ihre Be-
ziehungsprobleme in der Firma austrugen. Entweder es
gab eine Klärung der Gefühle und man konnte sachlich
miteinander weiterarbeiten, oder aber einer von beiden
musste sich nach einer neuen Arbeitsstelle umsehen.

„Ja. Vielleicht ... Und du? Hast du inzwischen Mr. Right
gefunden?"

Markus Dompfke wusste nur wenig über Merets Beziehung zu Michel Karberg. Sie hatte ihm allerdings von der
Trennung erzählt, und dass sie nun wieder Single war.

„Ich habe momentan keine Zeit für die Liebe", sagte Meret leichthin.

„Klar, du Karrierefrau! Aber falls dann doch mal der
Richtige kommt, würdest du es dann überhaupt mitkrie-
gen?"

Sie stutzte einen Moment. Wollte Markus – von der
Berginski schnöde im Stich gelassen – sich von ihr trösten
lassen?

„Ich suche einen intelligenten, humorvollen, einfühlsa-
men, beschützenden, kompromissbereiten Mann, der
keine belastende Beziehungsvergangenheit mit sich rum-
schleppt wie einen Sack Steine! Bereit und Willens seinen

Part an der Kindererziehung zu stemmen. Wenn du so einem Typen begegnest, dann stell ihn mir gerne vor!"

„Träum weiter, Mädchen … " Er klopfte ihr kameradschaftlich auf die Schulter und lachte.

Offenbar passte sie doch nicht in seine Beuteschema. Sie nahm die Akten an sich. „Ich mach mich an die Arbeit. Bis später, Markus."

Als sie aus dem Zimmer auf den Flur trat, kam ihr Rasmus Wrem-Sielich mit ausladenden Schritten und schlenkernden Armen entgegen – ein raumgreifender Mann.

Der Geschäftsführer hatte vor zwei Jahren seinen Onkel Hermann auf der Position beerbt. Der verstorbene Alte Sielich hatte fast fünf Jahrzehnte lang die Geschicke der Firma bestimmt – mit 90 war er noch täglich im Büro aufgetaucht, und er selber hatte jeden Morgen bekräftigt, die Gruft müsse noch mindestens bis zu seinem Hundertsten warten. Womit er sich allerdings getäuscht hatte. Aber wenn der noch lebendige Alte Sielich von Gruft sprach, dann meinte er das komfortable Familien-Mausoleum auf dem Ohlsdorfer Friedhof, dessen runder Bau aus Sandstein nicht nur ein Interieur aus lila Sofa und steinernem Kamin beherbergte, sondern auch eine Glasvitrine mit Urnen. Eine davon beinhaltete die Asche seines vor vier Jahren verunglückten einzigen Sohnes Magnus, der dem Business-Typ der neuen Generation mit internationalen Studienabschluss und diversen Auslandspraktika entsprochen hatte. Leider hatte er nicht wie geplant in die Fußstapfen seines Vaters treten können. Ein herber Schlag für den Alten Sielich.

Planänderung.

Nun wurde Rasmus Wrem-Sielich, der älteste Sohn von Sielichs Schwester, in die familiäre Pflicht genommen. Der Enddreißiger, ein promovierter Chemiker, ließ sich in einem zweijährigen Schnellkurs von seinem greisen Onkel mit der hanseatischen Kaufmannstradition und den speziellen Gepflogenheiten bei *Sielich & Söhne* vertraut machen. Dr. rer. nat. Rasmus Wrem-Sielich war ein durchtrainierter, stabil gebauter, schlanker Mann. Aber man sah deutlich, dass er darum kämpfen musste, sein Gewicht zu halten. Der Alte Sielich war klein und bauchig gewesen und auch der Neffe neigte von seinen Anlagen her dazu, in die Breite zu gehen.

Meret drückte ihren Rücken durch. Größenmäßig war sie mit Wrem-Sielich auf Augenhöhe. Sie grüßten sich mit einem Kopfnicken. Sein Blick tauchte in ihren, und erzeugte bei ihr – gegen ihren Willen – ein leichtes Prickeln in der Bauchgegend. Wrem-Sielich war überhaupt nicht ihr Typ. Es schmeichelte ihr allerdings, dass er sie offenbar anziehend fand. Offensichtlich hatte er es heute eilig, denn sonst wäre er mit Sicherheit zu einem kurzen Small-Talk bei ihr stehen geblieben und hätte sie wieder mit seinen Blicken aufgefressen. Im Vorbeigehen streifte er ganz leicht ihren Oberarm. Ein Knistern lag in der Atmosphäre. In diesem Moment trat Doris Kaak aus der Pantry. Sie musterte Meret mit einem wissenden Blick.

Diese Frau hat wirklich überall ihre Augen, dachte Meret.

Sie war froh, als sie ins Revisorenzimmer schlüpfen konnte. Endlich allein.

Ein etwas muffiger Geruch nach altem Holz, Papier und verbrauchter Luft kroch ihr in die Nase. Sie platzierte die Akten auf dem Schreibtisch und wandte sich zum Fenster, um es zu öffnen.

Die Sonne hatte sich verzogen.

Fahles Grau. Die Luft stand still. Das Wasser des Fleets: Eine dunkle, trübe Brühe. Meret starrte auf die gegenüberliegende backsteinrote Front der Kontor- und Lagerhäuser mit ihren dunkelgrünen Fensterrahmen. Sie betrachtete die Bäume, die den Holländischen Brook säumten. Fahrradfahrer wie in Amsterdam. Autos, die entlang des Fleets parkten.

Was für ein berückend hübsches Viertel, dachte sie.

Sie stellte das Fenster auf Kipp und machte sich an die Arbeit. In den Akten fahndete sie nach den Rechnungen, die von der Firma ENTRAIL an *Sielich & Söhne* ausgestellt worden waren. Im Laufe des Nachmittags stieß sie auf fünfzehn Originalrechnungen von ENTRAIL, die allesamt von ein und derselben Person abgezeichnet worden waren. Betrug! Ganz eindeutig. Meret lächelte in sich hinein. Das war ein dicker Brocken, den sie da aufgetan hatte. Grünhauer würde nicht umhinkommen, ihre gute Arbeit anzuerkennen. Die Frage war noch, wie viel Jahre die Sache schon lief. Doch die Durchsicht der weiteren Akten konnte zunächst warten. Zunächst musst sie mit Doris Kaak sprechen …

KAAKIS REICH

Man konnte getrost behaupten, die Verwaltungsabteilung bei *Sielich & Söhne* sei Doris Kaak in persona. Für die einen war die 54jährige der gute Geist der Firma, für die anderen deren Schreckgespenst. Sie war eine Frau, die polarisierte. Berühmt für ihren Fleiß und ihre kümmernde Art, berüchtigt für ihre Neugierde und ihre Unerbittlichkeit jenen gegenüber, die sie nicht ausstehen konnte. In der Blütezeit ihrer hausinternen Macht war es ihr ein leichtes gewesen jeden unliebsamen Kollegen innerhalb kürzester Zeit hinausekeln zu können. Mit dem Wohlwollen des Alten Sielich im Rücken, hatte sie zur grauen Eminenz im Kontor

130

entwickelt. Doch die goldenen Jahre waren für sie vorüber, seit Rasmus Wrem-Sielich das Ruder übernommen hatte. Viele Mitarbeiter hegten den Verdacht, dass Doris Kaak den neuen Chef hasste. Anzumerken war ihr dies allerdings nicht. Sie kommunizierte mit Wrem-Sielich auf eine ausgesucht verbindliche Art, die sie ansonsten nur selten an den Tag legte. Und eben dieses Verhalten weckte den Argwohn all jener, die sie gut kannten.

Dies ist das gemütlichste Büro im ganzen Kontor, dachte Meret Reinerts, als sie die Glastür beiseite schob und grüßend in Doris Kaaks Zimmer trat. Der nur etwa neun Quadratmeter große Raum war mit Liebe zum Detail eingerichtet. Links von der Tür hing ein vergilbtes Portrait des Firmengründers Hermann F. Sielich. Der korpulente Herr im Sonntagsstaat hielt eine aufgeklappte goldene Taschenuhr in der Hand, so als wolle er gerade die Zeit prüfen, starrte jedoch mit eisernem Blick den Betrachter an. Gegenüber, auf der anderen Wandseite, befand sich eine Farbfotografie des Alten Sielich in seinen jüngeren Jahren. Er trug eine Prinz-Heinrich-Mütze und hielt die Hände tief in den Hosentaschen versenkt.

Die dunklen Holzmöbel wurden von einer messingfarbenen Stehlampe in gedämpftes Licht getaucht. Wie im Wohnzimmer meiner Oma, dachte Meret. Ein antiker Globus, ein goldener Buddha und eine afrikanische Antilopenfigur – aus Ebenholz? – brachten ein Flair von weiter Welt in den Raum.

„Ja, bitte?" Doris Kaak schob ihre Brille auf die Stirn und sah Meret ausdruckslos an. Nanu, von welchem Planeten habe ich dich geholt, dachte Meret.

Sie beobachtete, wie Kaaki hastig eine Taste drückte. Der Bildschirmschoner – eine Abbildung des Kreuzfahrtschiffs Queen Mary – leuchtete auf.

„Ich hab da mal ein paar Fragen …", begann Meret.

Doris Kaak deutete auf den Besucherstuhl.

„Frau Kaak, so wie ich es verstanden habe, sind Sie doch fürs Beschaffungswesen zuständig?", fragte Meret. „Dazu gehört der Einkauf von Büromaterialien, nicht wahr?"

„Richtig."

„Und wenn etwas mit den Computern nicht funktioniert oder wenn die Telefonanlage defekt ist? Wenn Kopierpapier geordert werden muss, wenn neue Geräte angeschafft werden …"

„Dann manage ich das natürlich." Doris Kaak zog tadelnd eine Augenbraue hoch. „Sie sind doch nicht zum ersten Mal bei Sielich, Frau Reinerts!"

„Im Prinzip weiß ich ja, was Sie machen, aber …"

„Kein Problem. Für Sie wiederhole ich natürlich noch mal gerne. Aufgabenbereich Organisation! Ich bin zum Beispiel Ansprechpartnerin für die Reinigungsfirma und den Wachdienst. Ich halte den Kontakt zu den IT-Fachleuten und anderen externen Experten. Die Presse- und Öffentlichkeitsarbeit fällt auch in meinen Bereich, das ist aber nicht so sehr viel. Außerdem sichte ich Bewerbungen und ich kümmere mich um Fortbildungsmaßnahmen. Bis vor zwei Jahren habe ich auch Jubiläen, Weihnachtsfeiern und andere Feste organisiert. Aber das macht jetzt die Chefsekretärin."

„Frau Berginski. Schon klar", Meret atmete durch. „Haben Sie jemals etwas mit der Firma ENTRAIL zu tun gehabt, Frau Kaak?"

„Müsste ich?"

„ENTRAIL, Firmensitz Hannover. Versuchen Sie sich zu erinnern, bitte."

„Ich kenne diese Firma nicht", sagte Doris Kaak entschieden. „Was ist los mit denen?"

Meret klappte die Mappe mit den Rechnungen von ENTRAIL auf. „Gucken Sie sich das hier mal an."

Doris Kaaks Augen huschten über die Papiere. Ihre Stirn legte sich in Falten.

„Vieles davon fällt in Ihren Aufgabenbereich", Meret bemühte sich, nicht ungeduldig zu klingen. Doch die Spannung in ihrem Inneren wuchs.

„Solche Sachen bestelle ich seit Jahren bei ganz anderen Lieferanten! Kopierpapier, Drucker, …" Doris Kaak wirkte ratlos. „Das hieße doch, wir hätten alles doppelt. Wo sollte das ganze Zeug denn gelagert sein?"

„Eine berechtigte Frage!", sagte Meret.

„Offensichtlich sollte ich davon keinen Wind bekommen …" Frau Kaak schluckte. „Wahrscheinlich ist das alles auf dem Mist vom neuen Chef gewachsen."

„Welchen Grund könnte es haben?"

Doris Kaak tippte mit ihrem Zeigefinger – dezent rosafarben lackiert – auf das Kürzel unter dem Stempelaufdruck „Zur Zahlung freigegeben". „Fragen Sie doch mal die Berginski!"

„Das werde ich. Verlassen Sie sich drauf", sagte Meret. „Finden sie nicht auch, dass ENTRAIL einfach zu viele unterschiedliche Produkte und Dienstleistungen vertickt?"

Frau Kaak schob sich die Brille auf die Nase und nahm sich die Rechnungen nochmals vor. Sie konzentrierte sich jetzt deutlich besser als bei der ersten flüchtigen Durchsicht, fand Meret.

„Ungewöhnlich", murmelte Kaaki.

„Haben Sie eine Ahnung, wie lange Frau Berginski noch ausfällt? Am liebsten würde ich mit ihr persönlich reden, bevor ich zu Herrn Wrem-Sielich gehe."

„Ich hab die Nummer. Ich könnte Jana Berginski anrufen", erbot sich Frau Kaak.

Meret lächelte. „Das wäre ausgesprochen nett von Ihnen …"

Während Doris Kaak sich um die Kontaktaufnahme bemühte, schaute Meret sich die Fotografie des Alten Sielich genauer an. „Für Fräulein Kaak. Mai 1979", las sie die persönliche Widmung. Er sei ein knallharter Unternehmer mit sozialdemokratischen Gewissen gewesen, hieß es über ihn. Tatsächlich erinnerte der Alte Sielich sie in seinem schmallippigen, überlegenen Habitus an den Altbundeskanzler Helmut Schmidt.

„Nichts. Da nimmt niemand ab!"

Meret drehte sich zu Doris Kaak um.

„Und der Anrufbeantworter ist kaputt, glaube ich", sagte die Sachbearbeiterin. „Das hat Frau Berginski neulich gerade erwähnt."

„Vielleicht ist sie beim Arzt." Meret schaute auf ihre Armbanduhr. „Schon nach sechs. Spätestens bis morgen Vormittag muss ich Frau Berginski sprechen, sonst wende ich mich an ihren Chef."

„Wenn man vom Teufel spricht", murmelte Doris Kaak.

Die Glastür wurde aufgeschoben.

Rasmus Wrem-Sielich räusperte sich. Er sah bleich aus.

„Es ist was schlimmes passiert", sagte er mit belegt klingender Stimme. „Jana Berginski ist tot."

Ein kalter Schauer huschte Meret über den Rücken. Sie sah, wie Doris Kaak sich an ihren Schreibtisch klammerte, als suche sie Halt. Das Geräusch der Lüftung des Computers beherrschte plötzlich den Raum, so kam es Meret jedenfalls vor.

134

„Was ist passiert?“, brach Doris Kaak schließlich das Schweigen.

Wrem-Sielich rieb sich die Stirn. „Ihr Bruder hat mich angerufen. Es ist wohl schon gestern passiert. Alles, was er sagte, war von Schluchzen begleitet, Ich hab nicht viel davon verstanden. Ein Herzanfall wahrscheinlich. Ich werde mich noch um genauere Informationen bemühen. “

„Mein Gott“, entfuhr es Meret.

„Sie war doch noch so jung“, sagte Doris Kaak.

„Morgen um neun Uhr gibt es eine kurze Mitarbeiterversammlung. Frau Kaak, bitte kümmern Sie sich darum.“ Rasmus Wrem-Sielich wandte sich zum Gehen.

Meret witterte eine unsichtbare Last auf seinen Schultern, die er vorhin, als sie sich auf dem Flur begegnet waren, noch nicht mit sich herumgetragen hatte.

<h1 style="text-align:center">TAG 3</h1>

<h2 style="text-align:center">FREITAG</h2>

TRAUER

Im Radio liefen die Morgennachrichten. Grüner Tee verströmte ein leichtes Vanillearoma. Toast – gebuttert, mit einem Klecks Orangenmarmelade – knusperte leise in Merets Mund. Gedanklich hingegen kaute sie auf einer ganz anderen Sache herum: Der Tod von Jana Beginski war nicht nur tragisch, er passte auch nicht in Merets Konzept. Am liebsten würde sie gleich nach der Mitarbeiterversammlung zu Wrem-Sielich gehen, um ihn mit den von Jana Berginski abgezeichneten Rechnungen zu konfrontieren. Aber war das nicht völlig unsensibel und pietätlos?

Meret rang mit sich, ob sie sich zuvor besser mit ihrem Vorgesetzten Stefan Grünhauer austauschen sollte. Vermutlich wusste er einen Rat, wie man am Geschicktesten vorging. Aber sie traute ihm nicht.

Wer viel fragt, bekommt eine Antwort, die er nicht gebrauchen kann, dachte Meret. Es konnte wohl niemand von ihr verlangen, ihren Job nicht zu tun, weil jemand verstorben war. Mit Taktgefühl würde sie Im Gespräch mit Wrem-Sielich schon die richtigen Worte finden. Außerdem war er der Typ Mann, der sich ganz gerne von ihr um den kleinen Finger wickeln ließ. Wovor sollte sie also Angst haben?

*

Bedrückende Stille lag über den Kontorräumen von *Sielich & Söhne*, als Meret Reinerts am nächsten Morgen kurz nach neun dort eintraf. Etwa vierzig Mitarbeiter hatten sich im Besprechungsraum versammelt, um die Nachricht vom Tod ihrer Kollegin Jana Berginski aus dem Munde von Rasmus Wrem-Sielich zu hören.

Meret ging an dem Raum vorbei, ohne einen Blick hinein werfen zu können. Anfang des neuen Jahrtausends waren die Kontorräume umgebaut und auf einen Altes mit Modernem verbindenden, technisch aktuellen Stand gebracht worden. Die vielen Glasschiebetüren machten die Innenräume lichter. Daneben existierten jedoch noch immer einige historische, massive Eichenholztüren, die in „besondere" Räume führten. So wie das Chefzimmer, den Aufenthaltsraum, die Waschräume, der große Besprechungsraum und das Revisorenzimmer.

Wie immer richtete sich Meret in dem Zimmer ein, hängte ihre Jacke an den Haken, lüftete und ließ ihren Computer hochfahren. Sie überlegte gerade ob sie sich einen Morgenkaffee gönnen sollte, als es draußen auf dem Flur unruhig wurde. Die Mitarbeiter gingen leise murmelnd an ihre Arbeitsplätze zurück.

Zeit, Wrem-Sielich um das Gespräch bitten.

Im Taschenspiegel kontrollierte Meret ihr Make-up. Dann zupfte sie an ihrer weißen Bluse herum und zog den marineblauen Blazer glatt. In diesem Moment klopfte es an der Tür.

„Können wir reden?" Es war Markus Dompfke, der sie aus geröteten Augen ansah. Die runde Brille steckte zusammengeklappt in der Brusttasche seines hellblau karierten Baumwollhemds.

Kein Zweifel, Dompfke wollte sich bei ihr ausheulen. Ausgerechnet jetzt! Meret unterdrückte ein Seufzen. „Hast du´s eben erst erfahren?"

„Ich bin fassungslos. Arme Jana." Er zog ein Papiertaschentuch hervor und schnäuzte sich.

„Sie denken, es war Selbstmord!", sagte er klagend. „Selbstmord?", echote sie. „Kein Herzinfarkt?"

„Wrem sprach von Suizid", Dompfke wirkte schlagartig, als sei er mit tausend Volt aufgeladen worden. Er lief unruhig auf und ab. Dennoch bat sie ihn nicht, sich zu setzen.

„Aber wieso macht man denn so was?", fragte sie fassungslos. „Ich kannte sie ja nicht besonders gut. …War sie unheilbar krank, oder so?"

Markus Dompfke blieb abrupt stehen. „Glaubst du, es könnte mit dieser ENTRAIL-Sache zusammenhängen?"

Sie schüttelte den Kopf. „Wie kommst du denn darauf?"

„Es könnte doch sein! Jana hat großen Mist gebaut. Ich glaube, sie hatte Schuldgefühle", Dompfke blieb stehen und versenkte – theatralisch, wie Meret fand – das Gesicht in seinen großen schmalen Händen. „Verflucht, hätte ich sie doch bloß nicht auf diese Sache angesprochen …"

„Du hast … was?" Meret lief ein Schauer über den Rücken. Was hatte der Idiot in Gang gesetzt! „Du hattest doch nicht etwa schon mit ihr darüber geredet?"

„Ja, doch."

„Was heißt das genau?", fragte sie mühsam beherrscht.

„Ich habe gewisse Andeutungen gemacht. Dass mir was komisch mit den Abrechnungen vorkommt und so. Sie hat total nervös darauf reagiert. Ich wollte nicht derjenige sein, der sie in die Pfanne haut … Du weißt, unsere Beziehung war schwierig.“

Meret ging ein Licht auf. „Deshalb hast du mich auf diese Fährte gesetzt!“

„Ich hab gedacht, du bist ja viel neutraler und gewitzter als ich …“

„Aber du hattest sie praktisch vorgewarnt!“, brauste Meret auf. „Warum hast du mir das nicht gesagt? Mensch! Du hast mich die Arbeit noch mal machen lassen, obwohl du längst wusstest, dass Jana …“

„Das ist doch wohl legitim.“

Ein Haifischbecken liegt direkt neben dem anderen, dachte Meret wütend. Sie atmete durch. „Und Wrem-Sielich? Weiß er es auch?“

„Keine Ahnung. Das musst du selbst rausfinden. Mit ihm habe ich jedenfalls nicht gesprochen. Von mir weiß er null. Ob Jana sich an ihn gewandt hat? Keine Ahnung! Wie gesagt, sie hat so getan, als ob alles in Ordnung ist.“

„Hat sie denn etwas in der Art geäußert, dass der Chef davon wusste? Dass sie die Sachen mit seinem Einverständnis geordert und die Rechnungen mit Wrems Wissen abgezeichnet hat?“

Dompfke putzte sich ausführlich die Nase. Dann sagte er: „Ich kann mich nicht so wirklich daran erinnern. Sie hat mich dann irgendwie abgelenkt. Du weißt doch, ich habe eine Schwäche für sie gehabt. Sie war so wunderschön …“ Er fing an zu weinen.

Verdammt, dachte Meret. Für einen kurzen Moment legte sie ihm pflichtschuldig die Hand auf den zuckenden und bebenden knochigen Rücken. „Markus, geh doch mal für kleine Jungs und mach dich frisch. Ich muss das Zimmer abschließen …“

Sie fing Dompfkes verletzten Blick auf. Ohne die Brille wirkten seine Augen viel größer. Braune Teddyaugen. Der Impuls, ihn in die Arme zu nehmen durchfuhr Meret und verflüchtigte sich ebenso schnell wieder. Mein Gott, ich bin nicht seine Mama, bei der er sich ausheulen kann, dachte sie und fragte sich gleichzeitig, woher ihre Herzlosigkeit rührte. Sie beobachtete, wie sich der Buchhalter mühsam aufraffte und im Zeitlupentempo – so kam es ihr vor – das Zimmer verließ. Wie ein geschlagener Krieger!

Ihr Kampfgeist war dagegen so wach wie zuvor. Entschlossen marschierte sie zum Vorzimmer von Rasmus Wrem-Sielich.

Zu ihrer Verblüffung saß Doris Kaak an Jana Berginskis ehemaligen Arbeitsplatz. Die Sachbearbeiterin hatte den antiken Globus aus ihrem Büro auf dem Sideboard und die afrikanische Antilopenfigur auf dem Schreibtisch platziert. Der Buddha thronte auf der Fensterbank. Die will ihr Claim abstecken, dachte Meret. Offensichtlich hatte Kaaki vor, den frei gewordenen Chefsekretärinnen-Posten einnehmen. Ob Wrem-Sielich davon begeistert war? Doris Kaak war eine immer adrett gekleidete, gepflegte reife Frau, die meistens ein etwas zu schwerer, leicht herber Parfümduft umgab – vermutlich um den Zigarettengeruch zu kaschieren. Äußerlich hatte sie ihren Zenit überschritten, und Wrem-Sielich mochte Frischfleisch im Vorzimmer.

„Guten Morgen Frau Kaak, ich muss dringend mit Herrn Wrem-Sielich sprechen", sagte Meret.

Kaaki taxierte sie über den Brillenrand hinweg. „Tut mir leid. Der Chef ist auf dem Weg zum Flughafen."

„Mist! Wann kommt er wieder?"

„Montag ist wieder im Büro."

Meret stöhnte. Sie wusste, bei einem solch sensiblen Thema war ein Unter-Vier-Augen-Gespräch einem Telefonat bei weitem vorzuziehen.

Wäre sie ein entspannter Mensch gewesen, hätte sie Wrems Abwesenheit sogar als ein Zeichen gewertet, der Sache noch etwas Aufschub zu gewähren. Aber Geduld zu üben, abzuwarten, Dinge womöglich auch mal auszusitzen lag ihrem Charakter fern. Zurück im Prüferzimmer griff sie zum Hörer. Mit wenigen Worten setzte sie Stefan Grünhauer über die jüngsten Entwicklungen in Kenntnis.

„Frau Reinerts? Wie weit sind Sie eigentlich mit dem Prüfungsbericht? Brauchen Sie Verstärkung?"

„Ich komme klar."

„Frau Vosskuhle fällt noch die ganze nächste Woche aus. Leider."

„Das macht nichts." Meret atmete auf. Sie sehnte sich keineswegs nach Unterstützung. Sie war sogar froh, dass die Prüfungsassistentin Simona Vosskuhle, die ihr eigentlich zur Seite stehen sollte, bis auf weiteres krankheitsbedingt ausfiel. Mit der lief es einfach nicht.

„Zu dumm, dass Frau Vosskuhle noch eine weitere Woche ausfällt. Aber den Weber kann ich ihnen ab Dienstag schicken…"

„Nicht nötig. Ich komme zurecht …" „Halten Sie sich ran! Wrem-Sielich erwartet den Entwurf bis Mitte übernächster Woche. Weil er dann in den Urlaub geht."

„Ich habe alles im Griff." Meret wartete sekundenlang erwartungsvoll. Aber Grünhauer sagte nichts. „Und?", hakte sie schließlich nach.

„Und was?"

„Was sagen Sie zu dieser ENTRAIL-Geschichte?"

Grünhauer stieß hörbar Luft aus. „Frau Reinerts, wenn Sie sich mal eine Sekunde Zeit zum gründlichen

Nachdenken nehmen würden, kämen sie zum selben Ergebnis wie ich."

„Was meinen Sie? Habe ich etwas übersehen?"

„Diese arme Frau Berginski ist noch nicht mal unter der Erde, und Sie wollen ihr da so 'ne Sache anhängen. Das ist wirklich … Mir fehlen die Worte!"

„Wenn die Firma Sielich betrogen worden ist, sind die doch bestimmt an der Aufdeckung interessiert! Die werden uns dankbar sein!", wehrte sich Meret.

„Wir kümmern uns um den Prüfungsbericht, basta!", bellte Grünhauer. „Die Richtigkeit des Zahlenwerks ist das, was uns zu interessieren hat! Wir sind weder Steuerprüfer vom Finanzamt noch das Betrugsdezernat. Und wir sind auch keine Privatdetektive!"

Natürlich war es Meret bewusst, dass die Aufdeckung von betriebsinternen Betrügereien nicht in den Aufgabenbereich eines Wirtschaftsprüfers fiel. Jedenfalls nicht bei einem so normalen Prüfungsauftrag wie bei *Sielich & Söhne*. Das wäre ein Sonderauftrag und würde sich auf Verdachtsmomente beziehen, die der Mandant äußerte. Dennoch, man konnte mit dem Wohlwollen des Mandanten rechnen, wenn ein Betrug aufgedeckt wurde. Und dadurch würde nicht nur Meret, sondern auch ihre Chefs bei der *Lombardschen Treuhand* im guten Licht dastehen. Stefan Grünhauers ganzes Streben richtete sich jedoch darauf, mit so wenig Aufwand wie möglich durch die Prüfung zu kommen. Hauptsache, sein Zeitplan geriet nicht durcheinander, dachte sie böse.

Der Typ redete sich regelrecht in Rage. „Hören Sie! Der Wirtschaftsprüfer testiert lediglich, dass alles, was er gesehen hat, seine Richtigkeit hat. Sie haben doch bestimmt auch schon mal von dem legendären Fall gehört, bei dem eine Firma dem Wirtschaftsprüfer vorgetäuscht hat, einen riesigen Fuhrpark zu besitzen? Der Trick bestand darin, die immer selben Fahrzeuge zu unterschiedlichen Zeiten an verschiedenen Orten zu präsentieren. Gegen solchen Beschiss sind wir als Wirtschaftsprüfer machtlos. Entweder Sie akzeptieren das, liebe Frau Reinerts, oder Sie sollten schleunigst ihren Job wechseln."

Meret Reinerts verabschiedete sich mit Eis in der Stimme.

Fuck you, Stefan Grünhauer!

Nach diesem Telefongespräch war sie zu ihrem Ärger kaum fähig, sich auf ihre Arbeit zu konzentrieren. So außer sich war sie zuletzt beim mündlichen Abitur gewesen, als der Geschichtslehrer, der Arsch, ihr ein anderes Themengebiet abverlangt hatte, als zuvor abgesprochen. Sie hasste es, wenn jemand illoyal war. Und Grünhauer – *son of a bitch* – war einfach unsäglich!

FRÜHSTÜCK

Mit einer frisch gefüllten Brötchentüte im Arm klingelte Hanka Lasalle bei ihrem Nachbarn. Sie hatte ihn gestern Abend angerufen, um sich für ihr brüskes Verhalten im Café zu entschuldigen. Er hatte ein gemeinsames Frühstück vorgeschlagen.

„Hereinspaziert, Meitli!" Urs Rüggeli klang aufgeräumt, wie Hanka erleichtert feststellte. Sie musterte sein Che-Guevara-T-Shirt und die gestreifte Pyjamahose und folgte ihm in das in sonniges Licht getauchte Wohnzimmer. Der Tisch war bereits gedeckt. Hanka füllte die Brötchen in einen dafür vorgesehenen Korb. Sie war sich noch immer nicht ganz sicher, ob sie das Frühstück mit ihrem neuen Nachbarn genießen würde. Aber das war auch nicht der eigentliche Zweck der Verabredung, es sollte eher – wenn es nach ihr ginge – ein Arbeitstreffen sein.

„Kaffee oder Tee?", fragte er.

„Café Crème", sagte Hanka.

Urs Rüggeli lachte in sich hinein und verschwand. Hanka nahm eines der beiden Marmeladengläser und las das handgeschriebene Etikett: „Frische Beerenfrüchte-August 2017". Sie sah sich im Zimmer um. Die grünen Blätter der Bergpalme hatten an den Rändern einen gelben Ton angenommen. Diverse Büchertürme und Zeitungsstapel wuchsen wie papierne Inseln aus den alten Kiefernholzdielen. Ansonsten war in Vickys behaglicher Wohnung alles beim Alten geblieben. Urs Rüggeli hatte keine Veränderungen an der Einrichtung vorgenommen. Pfeifend kehrte er aus der Küche zurück. Er stellte eine Glasschüssel mit einer braun-beigen Masse auf den Tisch.

„Probieren Sie!" Er füllte eine Portion auf ihren Teller und goss den Kaffee in die Tassen.

„Das schmeckt richtig gut", sagte Hanka kauend.

„Bircher Müesli, frisch gemacht", freute sich der Schweizer. Er sagte nicht Müsli sondern Mu-esli.

Sie lächelte ihn freundlich an. „Waren Sie gestern eigentlich noch im Schlosspark gewesen, Urs?"

„Jawohl."

„Und? Haben Sie etwas Interessantes bemerkt?"

„Nun ja. Ich habe mich mit einer sehr netten Dame vom Schlossmuseum unterhalten. Ein Journalist war auch gerade dort. Wir sind ins Gespräch gekommen …"

„Ja?", fragte Hanka erwartungsvoll.

„… er will ein großes Portrait von mir bringen. Werk und Wirken eines Schweizer Autors, den es nach Ahrensburg verschlug … So was in der Art."

„Na toll. Aber was hat er zu unserem Fall gesagt?"

„Unser Fall! Wie das tönt! Mein Herz geht auf. Sie engagieren sich ja geradezu."

Hanka war sich nicht sicher, ob der Reihermann sie auf den Arm nahm. „Haben Sie die Marmelade selbst eingekocht?", wich sie aus.

Er sah sie irritiert an. „Meine Mutter."

Sie schraubte den Deckel eines Glases aus, nahm einen Löffel voll und leckte die Marmelade genüsslich ab. „Hmmm. Gut."

Sie beobachtete den Reihermann dabei, wie er auf eine energische Art sein Brötchen aufschnitt. Die Krümel stoben wie Funken über den Tisch. Vielleicht ist gar nicht so lasch, wie er im ersten Moment wirkt, dachte sie. Seine Krokuspflanzaktion, Muttis Marmelade auf dem Tisch, die schmalen Schultern … Das täuscht möglicherweise, dachte sie plötzlich.

„Hanka, was ist los? Eben ging noch die Sonne auf Ihrem Gesicht spazieren und jetzt ziehen dunkle Wolken auf."

„Es macht mich fertig, dass ich der Frau nicht geholfen habe. Ich war egoistisch. Habe mich nicht um sie geschert …", brach es plötzlich aus ihr hervor.

Urs Rüggeli lehnte sich in seinem Stuhl zurück und betrachtete sie nachdenklich. „Jeder andere hätte sich zu der Frau gesetzt und sie getröstet. Dieser Gedanke plagt Sie, nicht wahr? Aber, Meitli, ich glaube wirklich nicht, dass ich anders als Sie gehandelt hätte."

Seine Worte klangen mild und verständnisvoll. Der Reihermann war doch bloß ein verdammter Softie! Sie wollte keine Absolution. Weder von Victoria, von Rüggeli, noch sonst wem auf der Welt. Die Wahrheit war: In letzter Zeit hatte sie alles verbockt! Das Mitleid, das sie seither allgemein erregte, ekelte sie an. Es gab nur einen Weg:

Sie musste sich aus diesem Sumpf aus Schuld und Unvermögen kämpfen.

„Nennen Sie mich nicht dauernd Meitli!", fuhr sie Urs Rüggeli an. „Ich bin kein Mädchen, sondern eine gestandene Frau!"

„Dann benehmen Sie sich auch so."

Sie presste die Lippen aufeinander. Wie hatte sie nur einen Augenblick lang glauben können, der Reihermann könnte ihr eine Hilfe sein?

„Sie halten mich bestimmt für bescheuert, stimmt´s?"

„Sie wirken auf mich sehr sensibel. Und ich bin der Letzte, der nicht die Macht der Fantasie kennen und schätzen würde, oderrr."

Hanka fuhr sich durchs Haar. „Ich weiß auch nicht, was mit mir los ist. „Hätten Sie diese Frau gesehen … Wie ein Häufchen Elend hat sie dort auf der Bank gesessen."

Rüggeli sagte nichts. Er kaute auf seiner Unterlippe herum. „Entschuldigen Sie die Störung", sagte sie eingeschnappt.

„Sie stören mich nicht. Im Gegenteil. Ich möchte doch nur nicht, dass Sie sich in etwas verrennen."

Hanka fühlte sich den unterschiedlichen Signalen, die sie von ihm empfing, nicht gewachsen. Hanka rückte den Stuhl zurück. „Großes Lob an ihre Mutter. Grüßen Sie sie von mir."

„Hanka! Sie Totsch", herrschte der Reihermann sie an. „Bleiben Sie sitzen!" Er bückte sich nach einer der Zeitungen, hob sie auf und schlug eine Seite auf. „Ich hab´s vorhin schon gelesen: Die Identität der Toten ist jetzt bekannt. Eine Sekretärin aus Hamburg namens Jana B., 32 Jahre."

„Jana B.", flüsterte Hanka. Die Tote war nicht mehr namenlos.

Zu Hankas Überraschung drückte er ihr einen flüchtigen Kuss auf die Wange. „Wir sollten uns ab sofort duzen, wenn wir diesen Fall zusammen lösen wollen!", schlug der Reihermann vor.

*

Hanka Lasalle und Urs Rüggeli verbrachten den Vormittag damit, Szenarien rund um den Tod von Jana B. zu entwerfen. Bis die Polizei mit näheren Informationen an die Öffentlichkeit trat, würde es dauern. Was konnten sie selbst herausfinden? Am Ende fanden sie nur zwei dünne Anhaltspunkte dafür, dass etwas am Tode der Hamburger Chefsekretärin Jana B. möglicherweise nicht mit rechten Dingen zugegangen war. Zwei Leute, deren Identität Hanka kannte, waren ihr im Schlosspark über den Weg gelaufen. Die Friseurstochter Michelle Hellkamp und Hankas ehemaliger Schulkamerad, der Jogger Jörn-André Vagt.

Sie einigten sich darauf, dass der „grüne Mann", der die Leiche eigentlich bemerkt haben musste, irgendwie verdächtig war.

In diesem Zusammenhang fiel Hanka das gestrige Gespräch mit ihrer Klavierschülerin Michelle Hellkamp wieder ein.

„Sie wäre fast mit einer schlecht frisierten Frau zusammengestoßen", sagte sie amüsiert. Rüggeli sah sie fragend an. Offensichtlich hatte er den Witz nicht begriffen.

„Michelle ist die Tochter meines Friseurs. Sie achtet ziemlich genau auf das Äußere der Leute ...", setzte sie zu einer Erklärung an.

„Wie sah die Frau aus?"

„Schulterlange Haare. Rotbraune Tönung. Mittleres Alter, denke ich", erinnerte sie sich.

Rüggeli nickte zufrieden. „Es könnte möglicherweise die Museumsdame sein! Die Beschreibung passt. Wir müssen noch mal zum Schloss. Und außerdem solltest du diesen Vagt aufsuchen, deinen alten Schulkameraden. Fühl ihm auf den Zahn, wen er so auf seiner Joggingrunde getroffen hat."

ALTE BEKANNTE

Eine Stunde später befand sich Hanka Lasalle vor einem orange verklinkerten Geschäftshaus in der Hagener Allee. Nachdenklich musterte sie das moderne Plexiglasschild mit grüner Aufschrift an der Hauswand: *„Immobilien und Versicherungsservice J.- A. Vagt"*.

Hanka nagte auf ihrer Unterlippe herum. Sollte sie es wagen? Immerhin fühlte sie sich ausnahmsweise mal richtig gut frisiert. Das sonnengelbe T-Shirt und die neuen Jeans waren auch okay. Präsentabel genug, um dem ehemaligen Mädchenschwarm ihrer Schule gegenüber zu treten.

Sie benutzte den Fahrstuhl, um ins dritte Stockwerk zu gelangen. Die Tür summte einladend, Hanka trat in einen kleinen Empfangsbereich mit Schreibtisch und zwei leidlich bequem aussehenden Besuchersesseln.

Ramona Vagt, Jörn-Andrés junge Ehefrau, knipste zur Begrüßung ein Lächeln an. In diesem Moment schoss ihr Mann aus einer Seitentür und knallte einen Stapel mit Unterlagen auf den Schreibtisch.

„Das muss unbedingt heute noch raus zum Kunden!" Schon wanderte sein Blick zu Hanka. „Ja, bitte?"

„Jörn, kann ich dich zwei Minuten sprechen?" Es bereitete Hanka ein heimliches kleines Vergnügen zu sehen, wie er in Gedanken sein Kundenregister durchging und ihr Gesicht einzuordnen versuchte. Sie hatte ihn kalt erwischt!

„Hilf mir mal kurz", kapitulierte er. „Woher kennen wir uns?"

„Wie waren im selben Abijahrgang. Tutor Herr Steinböckl. Englisch LK. Ich bin Hanka Lasalle."

Als äußerlich unscheinbare Person wusste sie den Vorteil einen ungewöhnlichen Namen zu schätzen. Die Kombination aus tschechischem Vornamen und französischem Nachnamen prägte sich den Leuten ein.

In Jörns Augen leuchtete etwas wie Erkenntnis auf. „Die Hanka! Klar hab ich einen Moment Zeit für dich. Wo brennt es denn? Komm mit in mein Büro."

Sie folgte ihm in ein geschmackvoll eingerichtetes Zimmer. Viel Echtholz, Designer-Leuchten, schwarzweiße Grafiken an den Wänden. Der Hauch eines wohlriechenden, teuren Herrenparfüms hing in der Luft.

Vagt sah sie forschend an. „Du brauchst eine Wohnung, stimmt´s?"

Vermutlich witterte er ein schnelles Geschäft unter alten Bekannten, mutmaßte Hanka.

„Nein, und ich will mein Haus auch nicht verkaufen, aber …" Ihr fiel ein, dass es vermutlich klüger war, sich als potenzielle Kundin erkennen zu geben. „Momentan jedenfalls noch nicht. Es geht um eine ganz andere Sache. Du bist doch vorgestern im Schlosspark unterwegs gewesen?"

„Im Schlosspark?", er runzelte seine Stirn. „Wie kommst du denn darauf?"

„Wir sind uns dort begegnet. Ich glaube nicht, dass du mich wahrgenommen hast. Aber darum geht es mir auch gar nicht."

„Sondern?"

„Hast du die Frau auf der Parkbank gesehen?"

„Die Tote aus der Zeitung?" Vagt schüttelte den Kopf. „Vorgestern war ich überhaupt nicht im Schlosspark. Bist du bei der Polizei, oder was?"

„Nein. Gar nicht. Es ist nur so: Ich habe die Leiche der Frau gefunden. Und irgendwie lässt mich der Gedanke an sie nicht mehr los. Ich hatte gehofft, mich mit dir über sie unterhalten zu können. Ich habe mich wohl geirrt."

„Ich verstehe nicht ganz, was dich umtreibt, Hanka."

„Es hätte mich interessiert, welchen Eindruck du von der Frau gehabt hast. Sie hat geweint. Jemand hätte sich zu ihr setzen müssen.", sie beugte sich ein Stück vor. „Ich meine das nicht vorwurfsvoll. Jeder hat seine eigenen Sorgen. Auch ich bin an der Frau vorbeigelaufen. Genau wie ein Mann in grüner Regenjacke ..."

Sie taxierten sich einen Moment lang schweigend.

„Der interessiert dich!", sagte Vagt schließlich im freundschaftlich-spöttischen Tonfall. „Bist du denn noch zu haben, Hanka?"

„Ich bin Single. Aber wir sind keine 16 mehr, vergessen?".

„Es ist jedenfalls toll, dich mal wieder zu sehen. Bist du vollkommen sicher, dass du keine Immobilie brauchst? Oder eine Versicherung?" Vagt lächelte verschmitzt.

Erstaunt stellte sie fest, dass sie diesen Kerl genauso unwiderstehlich wie früher fand. Es gefiel ihr, dass der Schwarm ihrer Mädchentage ein charmanter, lockerer, etwas zu selbstverliebter und zu selbstsicherer Kerl geblieben war. Der Typ Mann, dem die Frauen so Einiges durchgehen ließen.

Beim Abitur hatte er allerdings ganz anders ausgesehen als heute. Statt des schicken Anzugs mit City-Hemd und Krawatte hatte er rissige Jeans getragen und verwaschene T-Shirts. Seine Haare waren mittellang und lockig gewesen, jetzt waren sie auf modische Art kurz geschnitten. Eigentlich schade, dass er verheiratet war …

„Ich kenne deine Frau aus der Zeitung", sagte Hanka. „Zusammen organisiert ihr immer so einen Benefiz-Abend für kranke Kinder, stimmt´s?"

„Wenn ich ehrlich bin …"

„Und das bist du ja von Natur aus!"

„…halte ich nur meine Visage in die Kamera. Eigentlich macht sich Ramona zusammen mit ein paar Freundinnen den Haufen Arbeit. Ihr Herz hängt daran."

„Bewundernswert. Ihr habt keine Kinder?"

„Leider. Und du?

Sie schüttelte den Kopf.

„Ich wusste gar nicht, dass du noch in Ahrensburg wohnst. Täuscht mich meine Erinnerung? Irgendwann habe ich mal läuten hören, aus dir wäre eine erfolgreiche Geschäftsfrau geworden."

„Das ist vorbei. Leider. Ich hatte Läden für Papeterie."

„Papiersachen? Na ja, das läuft wohl auch nicht so gut im digitalen Zeitalter, "

„Es ging nicht nur um exklusives Schreibpapier. Wir hatten eine einzigartige Auswahl an Geschenkpapier, Kartons, Pappen, Glückwunschkarten und sogar extravaganten Tapeten. Speziell bedruckte Tüten waren der Renner. Zum Schluss hatte ich zwei Läden in Hamburg. Ich stand kurz davor, eine Filiale auf Sylt zu eröffnen."

„Was ist schiefgelaufen? Warst du schlecht versichert?"

„Ich bin betrogen worden, mehr möchte ich dazu nicht sagen.“

Die Tür öffnete sich.

„Kaffee und Kekse?“, fragte Ramona Vagt und fixierte Hanka.

Hanka lehnte dankend ab und erhob sich. „Ich muss los. Wegen des Beratungstermins melde ich mich noch bei dir, Jörn. Versprochen.“

Ramona begleitete sie hinaus in den Flur. Sie war eine sehr hübsche, dezent gekleidete Frau. Aber kein Typ von der Stange. Ein bisschen wie die junge Julia Roberts, allerdings nicht so unerschrocken und dynamisch wirkend. Sympathisch, dachte Hanka. Sie schenkte Jörns Frau ein ehrlich gemeintes herzliches Lächeln. „Joggen Sie eigentlich auch so gerne wie Jörn?“

„Oh Gott, nein. Der rennt immer allein los. Zum Stressabbau. Und ich muss sagen, eine Weile nach dem Laufen kommt er mir tatsächlich relaxter vor.“

Hanka nickte verständnisvoll. „So geht es mir auch nach dem Walken. Man kommt irgendwie runter. Übrigens habe ich Jörn gestern Vormittag im Schlosspark getroffen.“

„Ja, da läuft er besonders gern“, sagte Ramona. „Mittwochs eigentlich immer.“

Warum lügt Jörn, fragte sich Hanka. Hatte er etwas zu verbergen? Sie war weit davon entfernt, sich eine Begabung als Detektivin einzubilden, dennoch nahm sie in diesem Moment eine Art von Witterung auf …

BESCHULDIGUNG

Meret Reinerts saß gegen 21 Uhr noch immer im Büro bei *Sielich & Söhne*. Schließlich hatte sie es doch irgendwie geschafft, ihren Ärger abzuschütteln. Völlig in ihre Arbeit absorbiert, hatte sie stundenlang am Schreibtisch verbracht. Sie war gut und weit vorangekommen, und das machte sie zufrieden. Jetzt verspürte sie Durst, aber die Wasserflasche war leer.

In der Pantry klapperte Doris Kaak mit Geschirr herum. Sie war dabei, die Geschirrspülmaschine auszuräumen.

„Sie sind Sie wirklich das Mädchen für alles hier, was?", sagte Meret freundlich. Sie fischte sich eine Sprudelflasche aus der Getränkekiste.

„Eine muss es ja machen."

„Oder einer."

„Klar." Doris Kaak schloss die leer geräumte Spülmaschine und lehnte sich mit dem Rücken dagegen.

Meret schenkte sich Mineralwasser in ein Glas und trank durstig.

„Die Berginski war eine hinterhältige Schlange. Ein betrügerisches Weib. Eine Räuberbraut, wenn Sie mich fragen", sagte Kaaki so plötzlich, dass Meret sich verschluckte. „Sie sind auf der richtigen Fährte, glauben Sie mir."

Meret hustete heftig.

Doris Kaaks raue Stimme nahm einen verschwörerischen Unterton an, der an die Darstellung einer Wahrsagerin in einem drittklassigen Film erinnerte: „Man soll über Tote nicht schlecht reden. Ich weiß. Aber wenn Sie erlebt hätten, was mir widerfahren ist …"

Jetzt dreht die Frau ab, fuhr es Meret durch den Kopf. Was faselte die da?"

„Bisher haben mir ja die Beweise gefehlt. Aber, Frau Reinerts, wenn wir beide uns zusammentun, dann können wir die ganze Fäulnis hinter der sauberen Fassade ans Licht bringen!"

„Fäulnis? … Liebe Frau Kaak, bitte bleiben Sie auf dem Teppich. Und …" Meret rang die Hände. (Sie konnte selbst kaum glauben, dass sie zu solch einer dramatischen Geste fähig war.) „Bitte behalten Sie für sich, was Sie heute Vormittag von mir erfahren haben, beziehungsweise was Sie daraus geschlussfolgert haben!"

„Die Berginski hat die Firma um viel Geld betrogen, Sie ahnen es doch! Glauben Sie mir, die hat Beziehungen zur Unterwelt gehabt. Kommen Sie mit!", kommandierte Doris Kaak resolut.

LONDON

The Albert im vornehmen Londoner Stadtteil Westminster, war nicht gerade die Art von Lokalität, die Rasmus Wrem-Sielich für ein Abendessen bevorzugte. Für seinen Geschmack war das Restaurant viel zu plüschig mit den dicken Vorhängen, den altmodischen Lampen und den bunt gemusterten Teppichen. Er gehörte zu den Anhängern der puristischen, architektonischen Linie. Aber o.k., dachte er, man war in England, und da konnte man schon mal ein viktorianisches Ambiente und traditionelles englisches Essen ertragen. Außerdem ging es hier nicht darum, den lukullischen Olymp zu erklimmen, sondern ums Geschäft.

Rasmus Wrem lehnte sich zurück und trank von dem vorzüglichen Ale. Sein Verhandlungspartner Vladimir Rostow hatte sich vor zwei Minuten – nach Beendigung ihrer Vorspeise – in Richtung „Gents" verkrümelt. Nun nahm Wrem sich die Zeit, sich unter den anderen Gästen umzublicken. Rostow hatte ihm erzählt, dass Mitarbeiter vom nahe gelegenen Scotland Yard gerne ihren Lunch im *The Albert* einnahmen. Momentan hatte Wrem allerdings das Gefühl, von Touristen umzingelt zu sein. Links neben ihm sprach man holländisch, von rechts drangen skandinavische Laute an seine Ohren und zwei Tische weiter tauschte man sich laut und fröhlich auf sächsisch aus. Wie so oft in seinem Leben, verschaffte es ihm ein befriedigendes Gefühl, die richtige Auswahl getroffen zu haben, indem er sich für das Treffen bewusst „casual" gekleidet hatte. Er trug eine Designerjeans, ein Button-Down-Hemd in bleu und einen grauen Kaschmir-Pullover mit V-Ausschnitt. Den Anzug, den er am Vormittag bei einer Unterredung mit einem Bankier in Amsterdam getragen hatte, hätte im *The Albert* etwas overdressed gewirkt. Rasmus Wrem-Sielich schätzte Perfektion bis ins Detail und er mochte Geschäftsreisen.

Nach einer Übernachtung in London würde er morgen früh nach Marrakesch fliegen, um sich dort mit arabischen Geschäftspartnern zu treffen. Von dort aus ging es über Paris weiter nach Zürich und dann zurück nach Hamburg. Es gab Gespräche, die man am besten unter vier Augen führte und bei denen nach alter Kaufmannstradition ein Handschlag an Ort und Stelle den Kontrakt besiegelte. So hatte es schon sein Onkel Hermann gehalten. Zwar war Rasmus Wrem an verschiedenen Universitäten in den Staaten und in Wien zum Chemiker ausgebildet worden, doch nur zwei Jahre unter der Fuchtel des Alten Sielich hatten ihm das entscheidende Rüstzeug als Kaufmann verschafft und ihn für das wahre Geschäftsleben gestählt.

Eine junge Bedienung mit fantastisch hohen Wangenknochen riss ihn aus seinen Gedanken. Sie lächelte charmant und sagte mit schwerem slawischen Akzent: „Du yu wont änaser Ähll?"

„Why not? Yes, please, another pint."

„For me, too. Lady." Rostow hatte zwar noch nicht ganz den gemeinsamen Tisch erreicht, doch der tiefe Bass seiner Stimme verschaffte dem Weißrussen Gehör. Sein Timbre sicherte dem Kerl mühelos jenes Maß an Aufmerksamkeit, das einen im Leben weiter brachte, dachte Wrem ein wenig neidvoll.

Die hübsche Bedienung schenkte auch Rostow ihr wirklich entzückendes Lächeln und wandte sich dann anderen Gästen zu. Wrem beobachtete, wie Vladimir Rostow ihr – oder besser gesagt ihrem runden Hinterteil – unverhohlen hinterher starrte.

„Früher dachte ich, Engländerinnen seien blass, grottenhässlich und flach wie Bügelbretter, aber die da ist doch tatsächlich mehr als passabel.", brummte Rostow, dessen grammatikalisch vorzügliches Deutsch ein wenig an Glanz verlor, weil die Worte so klangen als spräche er mit einer Kartoffel im Mund. Rostow setzte sich Wrem gegenüber, der auf eine Richtigstellung verzichtete, die Bedienung sei keineswegs Engländerin, sondern wohl eher eine Landsfrau von Rostow. Aus einem unerfindlichen Grund verschaffte ihm dieses eigentlich irrelevante Wissen ein Gefühl von Überlegenheit. Der Hamburger Kaufmann faltete die Hände und legte sie auf den Tisch.

„Und sind Ihre Hintermänner zufrieden mit unseren Ergebnissen?", fragte er den Weißrussen.

„Es sieht nicht schlecht aus. Aber so langsam werden die Leute ungeduldig. Sie warten seit fünf Jahren auf den großen Durchbruch. Alle wollen mehr Geld sehen, richtig viel Geld", sagte Rostow leise, „und jetzt noch die Sache mit Jana".

„Was machen wir jetzt eigentlich ohne sie?"

„Sie wird mir fehlen. Aber niemand ist unersetzlich. Alles ist eine Frage des Preises", erwiderte der Weißrusse.

Ein stämmiger Kellner servierte den Hauptgang – Roasted Beef and Mushed Potatoes. In seinem

Windschatten erschien die attraktive Bedienung. Sie stellte den ausländischen Herren ihre Gläser mit dem englischen Bier auf den Tisch, dann entfernte sie sich flink.

Rostow und Wrem wünschten sich einen guten Appetit. Doch die Männer nahmen kaum wahr, was sie da eigentlich aßen. Sie vertieften sich in die Verhandlungen, zu deren Zweck sie sich hier und heute Abend getroffen hatten.

PARIS

„Ich fass es nicht! Hanka will diesen Jörn-André Vagt tatsächlich beschatten?" Victoria Konrady pfiff durch die Zähne. „Urs, du musst über magische Kräfte verfügen, wenn du Hanka zu so was bringst."

Rüggeli stützte seine Arme auf die Tischplatte und verrenkte seinen Hals, um das Glas auf dem Bildschirm besser zu erkennen, das sich in Victorias Reichweite auf dem Couchtisch seiner Pariser Wohnung befand. „Sag mal, Vicky, was trinkst du da eigentlich? Bordeaux?"

„Ja, aus deinem Bestand. Ist lecker. Aber lenk jetzt mal nicht ab!"

Also berichtete Urs Rüggeli von Hankas Besuch im Versicherungs- und Immobilienbüro Vagt. „Der Typ hat Hanka rüde ins Gesicht gelogen. Seine Frau Ramona hat bestätigt, dass Vagt sich an dem Vormittag im Schlosspark aufhielt. Was hat der Kerl also zu verbergen, fragen wir uns."

„Vielleicht will er sich aus der Sache raushalten? So eine Zeugenbefragung ist sicherlich lästig, und wenn man ohnehin nichts Entscheidendes gesehen hat ..."

„Kann gut sein. Dennoch ist Hanka morgen Vormittag mit der Observation von Vagt beschäftigt. Ich hab ihr gesagt, wir müssen herausfinden, ob eine Verbindung

zwischen Vagt und dieser Jana B. besteht." Rüggeli zwinkerte in die Kamera.

„Hä? Das ist nicht euer Ernst, oder?"

„Hanka wird den Vagt beschatten", sagte Rüggeli mit
fester Stimme. „Übrigens war sie gestern beim Friseur."

„Aha?"

„Kürzere Haare. Irgendwie blonder. Hat es bei Frauen
nicht etwas zu bedeuten, wenn sie ihre Frisur verändern?"

„Ein gutes Zeichen. Diesen neuen Elan müssen wir nutzen! Aber dieses Beschatten! Was soll das bringen?"

„Das kann nie schaden. Man bekommt einen Eindruck,
mit wem man es zu tun hat."

„Soll sie hinter ihm herschleichen? Mit Fotoapparat und
Sonnenbrille? Und wenn er ins Auto steigt? Dann jagt sie
ihm nach, oder wie?"

„Genau."

„Urs, du bist bekloppt …" Victoria schaute auf ihre Armbanduhr. „Mein Besuch müsste jede Minute kommen …"

„Ein Franzose? Der verspätet sich sowieso!"

„Urs, sei mir nicht böse. Ich mach für heute Schluss.
Schlaf schön …"

„Du auch! … Kenn ich ihn?", rief Urs Rüggeli noch in
den Äther, aber Victoria hatte bereits ihren virtuellen Hörer
aufgelegt.

DIE SCHWARZE MAPPE

Im Vorzimmer des Chefs legte Doris Kaak die Karten auf
den Tisch. (Das eine oder andere As behielt sie allerdings
noch im Ärmel, was Meret nicht ahnen konnte.)

Sie rückte den Besuchersessel für Meret zurecht,
setzte sich selbst auf Jana Berginskis ehemaligen Bürostuhl und sagte streng: „Hören Sie gut zu!"

Dann ließ sie den Anrufbeantworter abspielen

„Hier ist Leonardo noch mal … Frau Berginski? Sie haben bei uns eine kleine schwarze Ledermappe liegen lassen. Bitte holen Sie sie bei uns ab. Arrividerci.“

Doris Kaak stoppte das Band.

„Dieser Anruf ging gestern ein“, erklärte sie. „Die Berginski hat die Mappe also nicht mehr abholen können.“ Doris Kaak schwieg vielsagend.

„Ja, und? Das ist dann doch wohl die Angelegenheit der Angehörigen.“ sagte Meret und hielt sich vor Verblüffung am Stuhl fest, als Frau Kaak eine schwarze Ledermappe aus einer der Schubladen hervorzog. Sie schnappte nach Luft. „Die haben Ihnen das da einfach gegeben?“

„Tschja“, sagte Doris Kaak. „Seriöses Auftreten einer angejährten Dame wirkt immer bei jungen Männern. Die fressen einem aus der Hand bei solchen Dingen, glauben Sie mir. Manchmal hat es auch Vorteile, langsam eine alte Schachtel zu werden.“ Sie öffnete die Mappe und ließ Meret den Inhalt sehen. Visitenkarten! Dann zog sie ein Kärtchen heraus und reichte es der Prüferin.

Meret überflog die Kontaktdaten. *Jörn-André Vagt, Immobilien- und Versicherungsservice, Ahrensburg.*

„Ja und?“, fragte sie.

„Und gucken Sie mal hier“.

Doris Kaak zog triumphierend, wie Meret es schien, eine Restaurantrechnung über mehr als 200 Euro vor. „Diese Rechnung vom Italiener habe ich hier in Berginskis Unterlagen gefunden. In einem Bündel von Rechnungen, die Herrn Wrem-Sielich betreffen! Wenn Sie mich fragen, hat Berginski ihre persönliche Restaurantrechnung da untergemauschelt. Die wollte sie sich doch glatt erstatten lassen. Ein üppiges Mahl für zwei Personen. Allein der Preis für die Weine!“ Frau Kaak rollte mit den Augen.

„Das bedeutet, dass Berginski mit Vagt ..."

„... in einem italienischen Restaurant essen war! So what?"

„Dem besten der Gegend!".

Meret fragte sich, auf was sie sich hier eigentlich eingelassen hatte. „Wenn das stimmt, ist das sicherlich nicht fein", wiegelte sie ab. „Und wenn es doch geschäftlich war?".

„Ich bitte Sie! Was hätte die Berginski geschäftlich reden sollen. Die war Chefsekretärin, aber doch nicht Kauffrau!"

„Vielleicht war sie als Unterhändlerin unterwegs? Wir müssen doch bloß Herrn Wrem-Sielich fragen", warf Meret ein.

„Es gibt aber keine Geschäftsbeziehungen zu diesem Immobilienheini. Was sollten *Sielich & Söhne* mit dem zu schaffen haben? Außerdem hat Vagt der Berginski einen exklusiven Ring – ich hab das Prachtstück selbst an ihrem linken Ringfinger gesehen – geschenkt. Sie hat sich in einer E-Mail an in ausführlich darüber ausgelassen, wie gut es aussieht, wenn ihre schlanken Finger über die PC-Tastatur gleiten und die Diamanten nur so funkeln ..."

Meret stutzte. „Woher wollen Sie das wissen?"

Doris Kaak tippte eine paar Buchstaben in Berginskis Computer ein.

„Ich weiß ihr Passwort und ..."

„Sie wissen Jana Berginskis Passwort!" Meret spürte Hitze in sich aufsteigen.

„Tschja. Wie oft steht man neben einem Kollegen, wenn er gerade seinen Computer hochfährt? Da sieht man doch fast automatisch, welche Kombination er eingibt ... Also, passen Sie auf, Frau Reinerts. Hier ..." Doris Kaak öffnete die gelesenen E-Mails der toten Chefsekretärin und zeigte auf jene, mit dem Absender vagtimmovers@de.

„Frau Kaak, ich möchte nichts mehr davon wissen. Wirklich nicht. Ich lese keine fremde Post. Es geht zu weit, was Sie hier machen." Meret stand entrüstet auf.

„Jana Berginski und dieser Jörn-André Vagt hatten doch ganz offensichtlich ein Verhältnis …"

„Privatsache!"

„Die Berginski …", sagte Doris Kaak erregt. „Immer diese teuren Designerklamotten! Die verdiente doch auch nicht mehr als ich. Und ich kann mir von meinem Gehalt nicht dauernd solche Mode leisten …"

Bürotratsch, dachte Meret empört.

„Also Frau Kaak, beim besten Willen! Vielleicht hatte Frau Berginski eine Quelle für preisgünstige exklusive Mode. Haben Sie schon mal was von Outlet-Shops gehört? Verdammt noch mal, das ist doch wohl Privatsache."

„Die beiden haben es sich schön miteinander gemacht und dann haben sie *Sielich & Söhne* für ihre Freizeitspäße zahlen lassen", ließ Doris Kaak sich nicht von ihrer Einschätzung abbringen. „Die Berginski hat das alles über Wrems Spesenkonto abgerechnet."

„Wenn es tatsächlich so wäre, dann kommen doch keine Unsummen zusammen. Sie haben von einem großen Betrug gesprochen." Und von Verbindungen zur Unterwelt, dachte Meret, aber so etwas Absurdes mochte sie nicht wiederholen. Mit Doris Kaaks Oberstübchen ist etwas nicht in bester Ordnung, dachte sie. Vielleicht brauchte die Frau ganz einfach psychologische Hilfe. Eventuell wusste Markus Dompfke, der einen guten Draht zu Kaaki hatte, ja mehr über den Gemütszustand seiner Kollegin.

Dennoch verdichtete sich der Verdacht, dass Jana Berginski die Firma tatsächlich betrogen hatte, fand Meret.

Geklärt werden musst allerdings noch, ob sie tatsächlich Kontoinhaberin des Hannoverschen Kontos der Firma ENTRAIL gewesen war. Mit Wissen von Wrem hätte es klappen können. Aber was hätte Wrem davon haben sollen, seiner eigenen Firma zu schaden?

„Setzen Sie sich wieder hin", sagte Doris Kaak in Merets Überlegungen hinein. „Sie sollten noch etwas wissen."

Meret seufzte. „Und das wäre?"

„Vor ungefähr einem Jahr passierte mir folgendes …"

Doris Kaak erzählte Meret von einem seltsamen Vorfall. Eines Abends sei sie nach dem Besuch einer Ballettvorstellung nochmals ins Kontor zurückgekehrt. Seltsamerweise hatte dort noch Licht gebrannt. Um die Lampen zu löschen, sei sie in das Büro von Rasmus Wrem-Sielich gegangen. In dessen Bürosessel hatte sie einen toten Mann vorgefunden. Als sie Schritte gehört habe, hätte sie sich völlig verängstigt versteckt. Sie habe gehört, wie die Leiche entfernt wurde. Bevor sie das Zimmer verlassen hatte, war Wrems Computer explodiert und in Brand geraten. In Panik hatte sie das Kontor verlassen und die Feuerwehr verständigt. Man habe ihr eine Beruhigungsspritze verpasst und ihr nicht geglaubt. Schließlich sei Jana Berginski aufgetaucht. Doris Kaak war auf ihr Angebot eingegangen, sich von ihr nach Hause fahren zu lassen. Berginski sei aber nicht mit in das Auto eingestiegen. Der Fahrer, ein Mann mit einem russischen Akzent, hatte einen schummrigen Parkplatz angesteuert.

„Können sie sich meine Panik vorstellen?", fragte Doris Kaak. „Der Russe ließ mich aussteigen. Ich musste ihm zum Kofferraum folgen. Ich dachte schon, er zieht mir eins über, und ich muss da rein. Aber …" Kaaki schüttelte sich. „Da lag schon einer drin! Es war der tote Mann aus Wrem-Sielichs Büro!"

„Nein!" Meret wusste nicht, was sie von Kaakis Geschichte halten sollte. War die Frau völlig plemplem, erzählte sie Schauermärchen oder stimmte diese obskure Geschichte? „Was passierte dann?", fragte sie.

„Er hat mich bedroht", flüsterte Doris Kaak. „Wenn ich mit irgendjemanden über das, was ich gesehen hatte, sprechen würde, so würde mich dasselbe Schicksal wie dem Mann im Kofferraum ereilen."

Meret schluckte. „Aber dann bringen Sie sich doch jetzt in Gefahr!"

Doris Kaak nickte.

„Ich vertraue Ihnen", erklärte Doris Kaak feierlich. „Verstehen Sie, worauf ich hinaus will? Die Fäulnis, von der ich sprach? Ich versuche seit Monaten herauszubekommen, was hier eigentlich los ist. Ich habe die Berginski beobachtet ..."

Meret seufzte ergeben ... „Und?"

Frau Kaak zuckte mit den Achseln. „Das Bild fügt sich langsam zusammen. Denken Sie daran, was sie selbst herausgefunden haben!"

Meret Reinerts schüttelte den Kopf. „Frau Kaak, das sind doch zwei Paar Stiefel. Diese mafiöse Geschichte, die sie mir da erzählt haben und die Geldbetrügereien."

Frau Kaak sah durch Meret hindurch, was nicht gerade zu deren Wohlbefinden beitrug. „Ich wollte es nur irgendjemandem mit wachem Verstand und Kombinationsgabe erzählt haben. Jemand wie Sie, die ich für integer halte. Falls mir etwas passiert, sollte jemand Bescheid wissen..." Sie richtete ihren Blick auf Meret. „Natürlich habe ich alles aufgeschrieben. Meine Aufzeichnungen liegen beim Notar. Für alle Fälle."

„Frau Kaak, Sie machen mir Angst ", Meret bemühte sich um ein Lächeln, um der Aussage ihre Schärfe zu nehmen. „Warum gehen Sie nicht zur Polizei?" Oder zum Psychiater, dachte sie.

„Haben Sie denn nichts verstanden? Man hat mich bedroht!", Doris Kaak klang ärgerlich.

„Vermutlich werden die Ihnen ohnehin nicht glauben", sagte Meret trocken. „Frau Kaak. Ich gehe jetzt nach Hause. Ich muss über all das gründlich nachdenken. Wollen Sie mit?"

Auch Doris Kaak wirkte nun erschöpft. Dennoch lehnte sie das Angebot mitzufahren dankend ab, worüber Meret ausgesprochen erleichtert war.

Sie brauchte jetzt dringend eine Pause von dieser Frau.

Alles Weitere ist dann eine Sache von Morgen …

ENDE ?

NACHWORT

(des Herausgebers)

Ende?

Natürlich noch nicht.

Aber leider waren in Klaudias Aufzeichnungen keine ausformulierten Texte über die weiteren Geschehnisse in den Folgetagen zu finden. Die Autorin hat lediglich einige Textfragmente sowie Hinweise und Ideen hinterlassen, wie sie sich den Fortgang der Handlung vorgestellt hat. Zwei Textfragmente betreffen die Geschehnisse am 4. Tag (Sonnabend), zum einen ein Treffen zwischen Meret und Markus Dompfke:

An diesem freundlichen Septembermorgen hatte Mette Reinerts ihren Käfer stehen lassen (sie wollte den erstklassigen Parkplatz vor ihrem Haus nicht riskieren loszuwerden), und war mit der U-Bahn gefahren, um in die Speicherstadt zu gelangen. Sie drängte aus der Station Messberg ans Tageslicht, kam vor dem ehemaligen Springer-Hochhaus an, wandte sich nach links und sah auch schon die Skyline der Speicherstadt, die backsteinrote Front der Kontor- und Lagerhäuser mit ihren dunkelgrünen Fensterrahmen. In goldenen Lettern prangte „Deutsches Zollmuseum" an der stolzen Backsteinfassade. Unter den versteinerten Blicken von Vasco da Gama und Christoph Columbus betrat sie die Kornhausbrücke. In der Ferne wuchs die Elbphilharmonie. Die Strahlen der Sonne brachten das schlammbraune Wasser im Fleet zum glitzern. Ein paar Enten schwammen lebensfroh umher.

Die Kornhausbrücke vibrierte, als ein 6er-Bus entlangfuhr. Meret warf einen Blick auf den Zwiebelturm der St. Katharinenkirche. Die Turmuhr zeigte auf elf Uhr. Als sie die Wandbereiterbrücke erreichte eröffnet sich der Blick auf die neuen Gebäude der Hafencity. Alt und neu, der Übergang, der Kontrast, das Maritime Museum … Ein Sightseeing-Schiff fuhr unter der Brücke hindurch, und sie hörte die plattdeutschen Erläuterungen des Kapitäns. Vor der St. Annenbrücke bog Meret gerade links um die Ecke in den Holländischen Brook, als sie jemand ihren Namen rufen hörte. Markus Dompfke …

„Sag mal, Markus, ich müsste dich mal unter vier Augen sprechen."

„Sind wir doch."

„Nicht hier. Mitten auf der Straße."

„Ich kann doch gleich zu dir ins Revisorenzimmer kommen."

Meret schüttelte den Kopf. „Die Wände haben Ohren. Lass uns nachher im Wasserschloss einen Tee trinken."

Das zweite Textfragment beschreibt Hanka und Rüggeli bei ihren weiteren Ermittlungen:

Rüggeli lässt sich von Vagt immobilienmäßig beraten, spricht dabei auch mit Ramona. Später erzählt er Hanka davon und bittet sie, sich an Vagts Fersen zu heften ….

Hanka sieht von ihrem Auto aus Vagt in Joggingsachen aus seinem Haus treten. Er setzt sich in sein Auto und fährt zum Joggen. Sie folgt ihm bis in den Ohlstedter Wald. Sie überlegt, ob sie ihm folgen soll. Aber das ist ihr zu doof. Blöderweise kehrt er noch mal um und sieht sie. Kurzes Gespräch. Hanka findet auf die Schnelle eine Ausrede: Sie wollte walken, habe aber dummerweise ihre Schuhe vergessen. „Gemeinsame Wege immer an denselben Wochentagen. Seltsam."

Ein weiteres Auto erscheint. Eine hübsche junge Frau steigt aus, will offensichtlich Vagt begrüßen. Doch er gibt ihr ein Zeichen. Hanka – knallrot vor Scham – macht sich aus dem Staub.

Hanka will sich bei Rüggeli beschweren, der ist aber nicht zuhause. Sie ruft ihn auf dem Handy an. Er sagt ihr, sie soll auch zum Schloss kommen. Gemeinsam sprechen sie mit der Museumsfrau (die Frau, die Michelle gesehen hatte). Diese Frau kann sich an den grünen Mann erinnern, sie weiß sogar noch Teile seines Autokennzeichens.

Ansonsten hat Klaudia noch folgende Ideen notiert:

- Vagt trifft Meret in Hamburg; hat ihn um ein Gespräch gebeten wegen der Visitenkartenmappe. Sie hat aber inzwischen noch mehr entdeckt … Sie erschrickt sich fürchterlich, als Reifen quietschen, ein Kleinbus hat Hanka (die Vagt weiter observiert hatte) erfasst und flüchtet. Vagt und sie rufen einen Krankenwagen usw., stehen unter Schock. Sie gehen einen Wodka trinken.
- Geldwäsche: Dompfke ist durch den Russen (der Mann in der grünen Jacke) in Geldwäsche verstrickt.
- Dompfke hat mit Jana und Vagt (sein Schwager oder Bruder?) gemeinsame Sache gemacht. Jana hatte aber auch noch in einer größeren Sache mit Wrem-Sielich die Finger im Spiel.
- Jana Berginski hat mit Dompfke ursprünglich kleine Betrügereien durchgezogen, Dompfke wollte es schon längst nicht mehr. Durch den Russen ist er viel besser im Geschäft.

- Janna hat durch Dompfke eines Tages dessen Schwager (Bruder?) Vagt kennengelernt (der sich von schönen Frauen nicht fernhalten kann). Affäre!
- Wrem ist zwar geschäftlich umtriebig, aber er hat keinen Dreck am Stecken (falsche Fährte für den Leser).
  Bei dem Gespräch im Pub in London über Jana („Niemand ist unersetzlich") geht es um eher harmlose Tä-
  tigkeiten: Jana hat Geschäftsfreunden Hamburg gezeigt, Reeperbahn etc., Arrangements gebucht.

Wer von den Lesern weitere Ideen hat, wie die verschiedenen
Handlungsstränge zu einer lesbaren Geschichte zusammenge-
führt werden können und dazu noch entsprechendes schriftstel-
lerisches Talent besitzt, möge sich doch gerne mit mir in Verbindung setzen (torseemann@aol.com).

Insofern bleibt die Auflösung des Falles in der Tat erstmal
„Eine Sache von Morgen"...

Die vorliegend als Teil 1 („Where Peaceful Waters Flow") veröf-
fentlichten Erlebnisse von Arielle und Chan hat Klaudia ursprünglich für ein größeres Projekt namens „Wasserfest" vorge-
sehen. Auch in diesem Projekt kam schon die Prüferin Meret
Reinerts vor, die bei *Sielich & Söhne* Unregelmäßigkeiten in Zusammenhang mit Lieferungen von *Peaceful Waters* aufdeckte. In
der damaligen Version war die ominöse Kontaktperson von Jana
Berginski, dessen Visitenkarten sich in der schwarzen Mappe befanden, allerdings Emil Waller, der Kollege von Arielle und Chan.

Dass aber auch die Autorin einen Zusammenhang zwischen
Peaceful Waters und dem Leichenfund im Schlosspark herstellen
wollte, zeigt sich an der Person Victoria Konrady in Paris, die sowohl bei Arielle und Chan als auch bei Hanka und Urs Rüggeli
auftaucht.

Die unterschiedlichen Ursprünge der beiden Teile des Romans zeigen sich auch darin, dass es zu jedem Teil einen gesonderten Prolog gibt. Es gibt sogar noch einen dritten Prolog, dessen Einordnung in die übrigen Geschehnisse aber nicht erkennbar ist. Trotzdem möchte ich dem Leser diesen nicht vorenthalten:

Es war ein trüber, nasskalter Wintertag. Die langsam einsetzende Dämmerung machte alles noch düsterer. Sie steuerte ihren alten Lieferwagen die Kopfstein gepflasterte Straße zum See hinunter. Nervös warf sie einen Blick in den Rückspiegel. Schon seit sie den Parkplatz verlassen hatte, folgte ihr ein dunkelblauer Golf. Ohne zu blinken riss sie das Steuerrad nach rechts und bog in den schmalen Sandweg ein, der hinunter zum See führte. Der Golf fuhr geradeaus weiter. Ein überreiztes kleines Lachen drang aus ihrem Mund. Sie schüttelte den Kopf über ihre Hasenfüßigkeit. Anscheinend litt sie unter Verfolgungswahn!

Ihr einziger Feind war die Zeit.

Es war bereits kurz nach fünf. Sie brauchte länger als gedacht, um den See zu erreichen. Ungeduldig trat sie aufs Gaspedal. Ihr Lieferwagen rumpelte die mit Schlaglöchern durchsetzte Fahrbahn hinunter. Durch Uferbewuchs und kahle Sträucher schimmerte Wasser. Sie bremste. Der Motor erstarb.

17.08 Uhr.

Die Tür ließ sie so leise wie möglich hinter sich ins Schloss fallen. Mit neu erwachtem Misstrauen achtete sie darauf, dass sie weder beobachtet noch verfolgt wurde. Ein Pärchen in dicken Fleecepullis und mit Stirnbändern über den Ohren keuchte den Rundweg entlang. Einen Moment lang verharrte sie auf der Stelle. Vertrödelte Zeit!

Im Gehen tastete sie ihre rechte Manteltasche ab. Das braune Leder ihrer Stiefel färbte sich dunkel, als sie feuchte Gräser nieder trampelnd, dem Seeufer zustrebte. Grau kräuselte sich das Wasser im Wind. Argwöhnisch warf sie einen Blick über ihre Schulter. Hatte sie nicht eben Äste knacken hören? Ein paar Vögel hockten auf Bäumen und plusterten ihr Gefieder auf, aber die Gegenwart einer Menschenseele konnte sie nicht ausmachen. Sie fasste in ihre Manteltasche und zog die Smith & Wesson heraus. Der Schalldämpfer steckte noch immer auf der Waffe.

Dann holte sie weit aus.

In Leichtathletik war sie nie gut gewesen, und im Werfen sogar eine echte Niete. Die Pistole flog nicht weit. Sie musste sich damit begnügen, dass der Revolver – den physikalischen Gesetzen folgend – in Ufernähe im Wasser versank. Der Untergrund des Teiches war ziemlich schlammig, die Waffe würde hier gut aufgehoben sein, so hoffte sie wenigstens. Sie atmete hörbar aus und eilte zum Lieferwagen zurück. Jetzt erst wurde ihr bewusst, dass sie am ganzen Leib zitterte. Ihr Puls raste. Ihre schwitzigen Hände umklammerten das Lenkrad.

Es gab ihr Halt.

Wer noch mehr von Klaudia Jeske lesen mag,
auch mal vollendete Romane,
der sollte noch einmal umblättern …

192 Seiten, ISBN 979-8-559828-74-9

Altenpflegerin Paula Adam ist hinter dem Familienschmuck des 91jährigen Rudolph Poppinga her.
Der Anziehungskraft der Juwelen können auch der leutselige Hausarzt Dr. Kolbe sowie Rudolphs smarter Sohn Winfried nicht widerstehen. Als der alte Poppinga in seinem Bett stirbt, hat keiner der Protagonisten ein gänzlich reines Gewissen.
Trotzdem wiegen sich zunächst alle in Sicherheit, dann auf dem Totenschein lautet die Todesursache: Herzversagen. Dann kommt es doch zur Obduktion und die Nerven beginnen zu flattern …

125 Seiten, ISBN 979-8-581796-55-9

Das Leben ist nicht einfach, wenn man 13 Jahre alt ist und die Figur eines Sprungkastens besitzt, findet Daria Hohmann.
Noch komplizierter wird es allerdings, wenn man in den Freund der gro-ßen Schwester verknallt ist und sich mit seiner Mutter, die seit neuestem „Mo" genannt werden will, nicht versteht. Doch, selbst das sind, wie Daria lernt, die kleineren Probleme im Leben.
Was ist, wenn der geliebte Vater seine Familie verlässt?
Wie verhält man sich, wenn die beste Freundin in die Alkoholfalle gerät?
Und wie lernt man seine eigenen Gefühle zu deuten?
Ein chinesischer Glücksspruch und Henry, der Junge, den sie bis vor kur-zem für eine absolute Niete gehalten hat, begleiten Daria auf dem Weg zu er-staunlichen Erkenntnissen.

201 Seiten, ISBN 979-8-553737-84-9

Was soll man davon halten, wenn der Mann, mit dem man seit siebzehn Jahren verheiratet ist, nie ein Sterbenswort darüber verloren hat, in seiner Jugend psychische Probleme gehabt zu haben? Was ist, wenn man entdeckt, dass die Schwiegermutter noch lebt, obwohl es immer hieß, sie sei längst gestorben? Und wie ist es, wenn man plötzlich annehmen muss, mit einem Mörder verheiratet zu sein?
Diese Fragen stellt sich Birthe Siemsen, die mit ihrem wortkargen Mann Kersten einen Gartenbaubetrieb in der norddeutschen Provinz betreibt. Wenige Tage vor dem Weihnachtsfest gerät das Familienidyll aus den Fugen. Ein Paar zieht in die Kate nebenan. Kersten verschweigt, dass die extravagante Nachbarin seine Jugendliebe ist. Kurze Zeit später findet Birthe die Frau erwürgt im Garten auf.
Das Dorf steht Kopf.

385 Seiten, ISBN 979-8-570870-32-1

Seit die deutschstämmige Anna mit dem wohlhabenden Bauern Richard Walther verkuppelt wurde, lebt sie mit ihrem Mann und den Kindern Tessa, Ada, Luise und Mara und Oskar in einem Dorf in der Nähe von Warschau. Das ursprünglich polnische Gebiet gehört seit Beginn des zweiten Weltkrieges zum Deutschen Reich. Mit Skepsis betrachtet Anna, wie die deutschen Besatzer die polnische Bevölkerung unterdrücken. Als ihr 1942 das Ehrenkreuz der deutschen Mutter verliehen wird, versenkt sie die Fruchtbarkeitsmedaille aus Protest gegen die Nazi-Ideologien in der Weichsel. An den Gerüchten in der deutschen Gemeinde, die sich um Annas angebliche Affäre mit einem polnischen Widerstandskämpfer ranken, zerbricht Annas ohnehin problematische Ehe. Während die Familie zersplittert, erleben die Walthers Krieg und Naziherrschaft, die Befreiung der Polen durch die Rote Armee, Enteignung, Entrechtung und Zwangsarbeit. Bis auf Anna, die in Polen

176

festgehalten wird, gelingt es den anderen Familienmitgliedern schließlich, aus ihrer Heimat zu fliehen. Bettelarm landet Richard Walther mit seinen fünf Kindern 1947 in einem Erzgebirgsdorf in der russischen Zone. Konfrontiert mit kommunistischen Ideologien und Vorurteilen der heimischen Einwohner gegen die Flüchtlinge aus dem Osten beginnt für die Walthers ein schwieriger Prozess der Eingliederung. Schon bald suchen zwei Töchter, die rührige Tessa und die durch die Kriegserlebnisse psychisch schwer angeschlagene Luise, ihr Glück im verheißungsvolleren Westen.

Nachdem Anna Walther 1950 Polen endlich verlassen darf, muss sie sowohl die junge Bundesrepublik als auch die kurz zuvor gegründete DDR bereisen, um nach dreijähriger Trennung ihre Kinder wieder zu sehen. Entgegen ihrer Erwartung fühlt Anna sich wie ein Eindringling. Es kostet sie Mühe einzusehen, dass die Kinder inzwischen eigene Vorstellungen von ihrem Leben entwickelt haben. Auch Annas naiver Versuch die verstörte Luise durch mütterliche Zuwendung zu heilen, scheitert kläglich.

Unabhängig von den anderen beschließt Anna einen Neuanfang in Westdeutschland zu wagen.